योगिनी की आत्मलिपि

योगिनी की आत्मलिपि

रश्मी राऊल

अनुवादक :
सोनम मिश्रा

BLACK EAGLE BOOKS
2025

BLACK EAGLE BOOKS

USA address:
7464 Wisdom Lane
Dublin, OH 43016

India address:
E/312, Trident Galaxy, Kalinga Nagar,
Bhubaneswar-751003, Odisha, India

E-mail: info@blackeaglebooks.org
Website: www.blackeaglebooks.org

First International Edition Published by
BLACK EAGLE BOOKS, 2025

YOGINI KI ATMALIPI
by **Rashmi Roul**
Translated by **Sonam Mishra**

Copyright © **Sulagna Sucharita**
Translation copyright © **Sonam Mishra**

Cover & Interior Design: Ezy's Publication

ISBN- 978-1-64560-694-9 (Paperback)

Printed in the United States of America

उत्सर्ग...

परम आदरणीय
डॉ. नृसिंह त्रिपाठी
को समर्पित

एक

सुकन्या का संसार मधुर सुगंध से महक रहा था। उसके जीवन का हर कोना सुरुचि पूर्ण सजा हुआ था। भरपूर ताजा सांसों से स्पंदित था उसका जीवन। सुबह खाने के बाद सभी ने अपने-अपने काम खत्म कर दिए थे। बेटा ट्यूशन गया हुआ था। विवेक रोज की तरह टहल रहे थे। जरूरत पड़ने पर सुकन्या की उसके कामों में मदद भी कर रहे थे। ऊपर जीवन इधर-उधर टहल रहे थे। साथ ही मंत्र जाप भी कर रहे थे। बड़े जतनों से पोथी से उद्धृत इन मंत्रो को आत्मसात करने व समझने का प्रयत्न करना उनके प्रतिदिन के कार्यक्रम में शामिल था।

लंबे दिन के बाद रात्रि आई थी। उनके सपनों को यथार्थ में बदलने की रात्रि। यह स्वप्न रात्रि उन्हें किसी दूसरे ही सात रंगों से बनी इंद्रधनुषीय दुनिया में ले जाती थी। इस इंद्रधनुष में बैठे हुए वे पूजा करते,संकल्प लेते और युगल मंत्रोच्चार द्वारा सौभाग्य के सात द्वार खोलते थे। उस द्वारा से होकर वे कल्पना के रंगीन वाटिका में कभी पति-पत्नी, तो कभी प्रेमी -प्रेमिका, कभी सबर -साबरी, तो कभी गंधर्व किन्नर या कभी शिव पार्वती के रूप में प्रवेश करते थे। इस सांसारिक दुनिया से परे उन्मुक्त हो ब्रह्मांड में विचरण करते, आकाश में उड़ते, मिट्टी, पानी, हवा के भीतर से निकलकर अग्नि में जलते और बारंबार नवजीवन प्राप्त करते थे।

एक दिन सुकन्या अपने महकती दुनिया में मगन बैठी हुई थी। तभी जीवन ने कहा : मनुष्य क्यों मनुष्य की तरह नहीं रहता। पृथ्वी में कितनी तरह की बातें हैं, मगर वह समझता नहीं ईश्वर ने उसके समक्ष कितनी ही बातें रखी हैं, मगर वह एक बार भी अपनी आंखें खोल कर देखता भी नहीं। न ही उनका अनुभव ही कर पाता है।

अब इस योनि की ही बात लीजिए। क्या कभी हमारे दिमाग में यह बात आई कि हम दोनों के पास यह दो शक्तिशाली अंग हैं ? जो परस्पर एक दूसरे को खोजते हैं। इस खोज के दौरान जो मिलने की व्याकुलता है उससे तैयार होता है, एक

शक्तिशाली बम। और यह शक्ति सारे तन बदन में संचरित हो जाती है। चहुदिश आनंद ही आनंद की प्राप्ति। उस बम का उद्देश्य है, स्वयं में विस्फोटित हो आनंद फैलाना। इस आनंद प्राप्ति के परिणाम स्वरुप मनुष्य दीर्घायु होगा ही होगा। बस योनि में उत्पन्न उस शक्ति को धारण योग्य बनना होगा क्योंकि उस असाधारण शक्ति को धारण करने की शक्ति सभी में नहीं होती।

तुमको धारण करने के योग्य बनने में इतने समय बीत गए। अभी भी तुम मेरे लिए देवी हो। सुकन्या ने व्यंग्य से कहा - सच में क्या मैं तुम्हारे लिए देवी हूं? जीवन उसे अनेक नाम से पुकारते कभी कृष्णा, सरोज, पार्थवी तो कभी सु, पार्वती या पृथुला। जब जीवन के साथ सुकन्या का प्रथम मिलन हुआ तब उसका वजन था मात्र ३८ किलोग्राम। एकदम दुबली बांस की तरह।

एक बार जीवन ने मजाक ही मजाक में कहा- ए! दुकान में तुम्हारा नाप के अंग वस्त्र मिलते तो होंगे ना? शर्म से सुकन्या का चेहरा लाल पड़ गया था। उसे ३० साइज की ब्रा भी ढीली होती थी। हालांकि अब उसके शरीर में अच्छा खासा चर्बी का जमाव हो गया है। अत: प्यार में पकड़ते समय जीवन उसे पृथुला, विपुला जैसे नामों से बुलाते थे। और कभी-कभी कहते : सही में काम कला में तुम अद्भुत रूप से निपुण हो। तुम पर कोई भी तुम्हारी इच्छा विरुद्ध अधिकार नहीं कर पाएगा सुकन्या। यह सब कैसे संभव हुआ?

कभी-कभी वे सोचते विवाहोंपरांत विवेक ने उसकी कभी अवहेलना की थी, यह कह पाना मुश्किल है। यदा कदा ही वे मिलते थे जैसे सांसारिक बंधन में बंध कर दो मनुष्य मिलते हैं। वैसे ही यह मिलन केवल दो तन के होते थे। इसमें मन की सहमति थी कहना मुश्किल था। उसके जीवन में जीवन के आ जाने से सुकन्या ने सोचा था शायद विवेक ईर्ष्या से जल उठएंगे। उस मिलन के लिए बार-बार बाध्य करेंगे। मगर वैसा कुछ भी नहीं हुआ।

विवेक बन गए विवेकी। कभी-कभी उनकी उपस्थिति में भी जीवन सुकन्या से मिलते थे। और कभी-कभी विवेक भी उनको बुलाते और कहते आओ हम सभी मिलकर इस सांसारिक सुख का आनंद लें। जब तुम आओगे तो सुकन्या सिर्फ तुम्हारी। मैं बीच में हस्तक्षेप नहीं करूंगा। जब एक-दो दिन के लिए जीवन आता या फिर वे दोनों कहीं घूमने जाते तब विवेक अन्यत्र कहीं चले जाते। सुकन्या अस्त-व्यस्त हो उठती थी। जीवन उसे अपने प्रेम में ऐसे आच्छादित कर देते की सुकन्या

बेदम सी हो जाती थी। अद्भुत काल्पनिक व्यक्ति थे जीवन। बारिश में खुले छत पर प्रणय निवेदन करते अद्भुत ढंग से, कभी चांद रातों में, खुले आसमान तले, तृण शय्या पर वे उच्छल हो उठते, तो कभी स्नानागार में फव्वारे तले या रसोई के स्लैब पर सुकन्या परेशान हो उठती। कभी-कभी ऐसा भी हुआ जब इकट्ठे ट्रेन से भ्रमण कर रहे होते। इसलिए ट्रेन से यात्रा करते समय वे व्यवस्था करके फर्स्ट क्लास की ही टिकट ही काटते। बाथटब के अंदर भी जीवन प्रेम करते एक अलग ही ढंग से। रह रह कर आ रही चांद की चांदनी में या किसी अनामिका पेड़ के नीचे सुकन्या से मिलने की चाह रखते। जब दिन में भी प्रेम के नशे में भी झूम उठते तब असाधारण जान पड़ते। शुरू-शुरू में सुकन्या थोड़ा अजीब महसूस करती। मगर धीरे-धीरे उसने जीवन के जीने के ढंग के साथ सामंजस्य जमा लिया। जिंदगी कैसे जी जाती है यह उसे जीवन ने सिखाया। वह भी एक अलग और अद्भुत अंदाज से। शुरू-शुरू में जो दीर्घ रतिक्रिया उसके मन को विरक्ति से भर देती थी, वही दीर्घ रतिक्रिया परवर्ती काल में उसके असीम आनंद का स्रोत बन गई। इससे उसका मन और उसकी आत्मा तृप्त हो जाती। संसार में बहुत से लोग हैं जो बहुत सी बातें नहीं जानते ऐसा जान पड़ता है। जीवन और सुकन्या के इस संबंध को शायद ही कोई समझ पाया हो।

एक बार जीवन ने बताया था भारत में कुछ सिद्ध योगी थे जिन्होंने इस रति सुख से अनेक सिद्धियां प्राप्त की थी। सबसे ज्यादा आनंद के क्षण होते हैं प्रतिक्रिया का चरम। और यह क्षणिक आनंद अगर इतना सुखदाई है, तो इस क्षण को दीर्घ स्थाई किस प्रकार किया जा सकता है, यह बात वे जानते थे। दिन-रात वे इसी आनंद में रहते थे इस हेतु आरंभ में माध्यम की आवश्यकता होती है। मगर बाद में माध्यम भी दरकार नहीं होती। मनुष्य के चाहने मात्र से रतिक्रिया के आनंद की तरंगे सारे शरीर में संचरित हो जाएंगी। इस अभ्यास के लिए चरम साधना की आवश्यकता के साथ-साथ शरीर की प्रस्तुति भी आवश्यक है।

सुकन्या का मन कहता यदि रति सुख का चरम इतना सुखदाई है तो, अगर यह सर्वदा के लिए प्राप्त हो जाए तो मनुष्य के मन में क्या दुख रहेगा?

ऐसा ही एक गगनचुम्बी सुख का संधान पाया था सुकन्या ने। जीवन के साथ दो जिस्म एक जान होकर। एक दूजे के आगोश में कब रात गुजर जाती इस बात की उनको खबर ही नहीं होती। अविश्वसनीय होने के बावजूद भी सत्यता यही है। घंटों उनके देह एक दूसरे के कोमल संस्पर्श को महसूस कर रोमांचित होते रहते।

इससे उनका मन ही नहीं भरता था। वह इतने करीब होते कि उनके बीच क्लेश के लिए स्थान ही नहीं बचता।

उस समय की अनुभूति अगर सुकन्या से पूछी जाए तो हो सकता है वह इतना ही कह पाए कि उन क्षणों में वह स्वप्न नगरी में विचरण करती है। एक अनिद्य राजयोग में वह उड़ जाती है। पुष्प शैय्या पर बैठ, सुगंधित पवन को श्वासों के द्वारा महसूस करती है। क्षुधा रहित अपूर्व राज्य में वह विचरण करती है। चहुदिश सौंदर्य ही सौंदर्य व्याप्त है। वृक्ष -लताएं, पहाड़- पर्वत, झरना, पंछी, फुल, तितलियां, मनुष्य सभी में स्वाभाविक सौंदर्य विद्यमान है। उसका जोर -जोर से चिल्लाकर कहने का मन होता कि यह मानव कितना मूर्ख है। ईश्वर ने कितनी सुंदर-सुंदर शक्ति केंद्रों की स्थापना की है उनके इसी देह पर। लेकिन यह बात किसी को समझ नहीं आ रही है। न ही उसकी मर्यादा के संपर्क में ही कोई जानकारी है। अगर वह अपनी इस भावना को उजागर कर दे तो लोग उसे क्या कहेंगे पगली, कामुक स्त्री या और कुछ? इसलिए तो अच्छे खासे परिवार बिखरे जा रहे हैं। पति-पत्नी को नहीं समझ पा रहा, ना स्त्री पति को ही समझ पाने में सक्षम है। रति तृष्णा से नारी या पुरुष व्यक्तिगत जीवन में दुखी नहीं रहते क्या? जिस परिवार में पति-पत्नी का संपर्क प्रगाढ़ और प्रेममय होता है। उन परिवारों में शांति होती है। एक दूसरे के लिए प्राण त्यागने की भावना भी होती है।

सुकन्या के हाथों में अभी सुख के चाबियों का गुच्छा था। उसे यह एहसास था कि यथार्थ में जीवन अत्यंत सुंदर है। और उसने अनुभव किया था कि उसे पाने के लिए उसे खोजना पड़ता है। उसे अनुभव करना पड़ता है। हो सकता है आनंद की खोज में जीवन जैसे जीवनसाथी की आवश्यकता सदा ही हो। विवेक जैसा विवेकी गृहस्थ को भूलना सही नहीं। जिसने समाज के मर्यादा से परे उसे यह खुला आकाश दिया उड़ने को। अपने पति होने का अधिकार कभी नहीं जताया।

प्राण शक्ति से उच्छल जीवन मंत्र उच्चारण के द्वारा सातवें दिन के अंतिम रात्रि को सुकन्या से चरम उद्यापन के लिए आज्ञा ले रहे थे। ७ दिनों तक वह शक्ति कुंड से शक्ति उत्पन्न कर रहे थे। पृथ्वी के मंगल के लिए, मनुष्य के शुभकामना के लिए, प्रार्थना कर रहे थे। शेष धृत आहुति के लिए जीवन प्रस्तुत हो रहे थे। सुकन्या तारों में घूम रही थी। सुकन्या के देह से असीम शक्ति झड़ रही थी। स्वप्न लोक से वे पृथ्वी में वापस आने में स्वयं को असमर्थ पा रहे थे। जीवन ने उसके शरीर को अपने

चुंबन से आदृत कर दिया था। वह टूटकर खंड -विखंड होकर उछल उठती थी। श्रद्धा से, आनुगत्य से, पवित्रता से, सुख से, आनंद की नदी बनकर सही में वह बह चली थी।

जीवन का प्यार उसके शिथिल पड़े शरीर को प्राणवान कर देता था। अभी सुकन्या का श्वास -प्रश्वास बंद होने को था। ऐसा जान पड़ता था जैसे समग्र विश्व-ब्रह्मांड को उज्जवल आभा से आलोकित कर अवतरित हो रही हो एक शक्ति पिंड। तरल लावा की तरह उसके मूलाधार से उठकर धीरे-धीरे परस्पर ऊपर की ओर उतर आ रहा था और क्रमश: उसके शीर्ष में पहुंचकर उसके समग्र शरीर को एक दिव्य आभा से आच्छादित कर रहा था।

जीवन उच्चारण कर रहे थे -
योनी रुपे महादिव्य सर्वदा मोक्ष दायिनी।
कृपया सर्व सिद्धि में देही देही जगमयी ।।
जगतधात्री महामायी योनी रुपे सनातनी
कृपया सर्व सिद्धि में देही देही जगतमयी ।।

कितने समय ?

पूर्व दिशा आलोकित हो रहा था। आकाश एक अपूर्व ज्योति से झिलमिला उठा था। सुकन्या के उल्लघ्न देह को छाती से लगाकर दोनों हाथों से पकड़ा था जीवन ने। जीवन ने उसे धीरे से बिस्तर पर सुला दिया और उसके गाल माथे और गले से पसीने की बूंदे पोंछ दी।

कुछ देर इंतजार के पश्चात सुकन्या ने अपनी आंखें खोली। उसकी खुली आंखों पर चुंबन अंकित कर स्मित हास्य के साथ जीवन ने पूछा सुकन्या ठीक हो ना ? सुकन्या ने मुस्कुराते हुए जीवन को अपने बाहुपाश में बांधते हुए कहा - खूब अच्छी। आंखें बंद करते हुए उसने पूछा - यह जो महासूत्र का आविष्कार तुमने किया है, उसे जन कल्याण में किस तरह लगाओगे जीवन ? तुम्हें लोग समझ पाएंगे तो ? जीवन ने कहा - क्या पता ?

। दो ।

नीचे उतरने के बाद सुकन्या ने इधर-उधर देखा जीवन के अंतरंग मित्र रमण उसकी ओर चले आ रहे हैं। उसने आकर कहा - जीवन रात की गाड़ी से चेन्नई जा चुके हैं। वहां वह आपकी प्रतीक्षा करेंगे। टिकट और कुछ चीजें आपके लिए छोड़ गए हैं। दसपल्ला होटल में आप मेरे साथ चलिए। सुकन्या रमण के साथ चलने लगी। दसपल्ला होटल में रहने के और भी अवसर मिले थे सुकन्या को। दसपल्ला राजा द्वारा स्थापित ये होटल और यहां का घरेलू परिवेश सुकन्या को खूब भाता था। यहां का अधिकांश स्टाफ उससे परिचित थे। १८ नंबर का कमरा बुक था उसके लिए। रमण ने उसे कमरे तक पहुंचा दिया। कमरे में प्रवेश करते ही उसकी नज़रें पड़ी पलंग के ऊपर रखी हुई उसके नाम की चिट्ठी और कुछ चीजों पर। इसके अलावा था, सुंदर प्रेम की खुशबू से सराबोर एक कार्ड।

सुकन्या ने चिट्ठी उठाई। सुंदर और एवं अनुभवी अक्षरों से उसके नाम लिखी जीवन की चिट्ठी। लिखा था, मद्रास मेल में तुम्हारा टिकट हुआ है, ए सी कंपार्टमेंट, सीट नंबर ११। रमण तुम्हें ट्रेन में बैठा देगा। मद्रास आते तक तुम्हारे आसपास ही रहेगा। अबकी बार विशाखा में नहीं, मद्रास में तुम्हें पाने की अभिलाषा है। दक्षिण की स्त्रियां गदराए बदन की होती हैं। तुम भी वैसे ही अपनी विपुल संपत्ति लेकर मेरे पास आओ। अबकी बार एक साधक के रूप में नहीं, बल्कि एक साधारण मनुष्य के भाव से मैं तुम्हें पाना चाहता हूं। शीर्घ आओ।

जीवन

सुकन्या ने मंद मंद मुस्कुराते हुए कार्ड को उठा लिया कार्ड में लिखा हुआ था।

। प्रतीक्षा में दिन-रात ।

तुम्हारा जीवन

होटल में प्राय सभी स्टाफ उसे जानते थे। रमण वहां का स्थानीय निवासी है। वह जीवन के ऑफिस में काम करता है। और जीवन का अंतरंग मित्र भी है। सुकन्या और विवेक से भी परिचित है। पुस्तक के भीतर के एक-एक अक्षर में जीवित हो उठे जीवन। प्रत्येक जीवन रूपी अक्षर मंद- मंद मुस्कुराहट के साथ सुकन्या को निहारत हुए उसके माथे पर हल्की-हल्की थपकियां देने लगे और सुकन्या ख्यालों में गुम कब निद्रा के आगोश में चली गई उसे पता ही ना चला। जब उसकी नींद खुली तब लगभग रात हो चुकी थी। बत्तियां जल चुकी थी। घड़ी की सुइयां ७:०० बजा रही थी। पिछली रात वह सो नहीं पाई, उबा देने वाली रेल यात्रा के कारण।

सुकन्या ने मन ही मन सोचा इसलिए क्या वह जीवन से बात नहीं करेगी ? या अभिमान करेगी ? क्या जाने ? रात्रि में थोड़ा नाश्ता और फल खाकर वह सोने की कोशिश करने लगी। एक बार वो दोनों मिलकर इसी मद्रास मेल से विशाखापट्टनम से मद्रास जा रहे थे। इस बार जीवन ने फर्स्ट क्लास की दो टिकट ली थी और जुगाड़ कर एक कूपे की व्यवस्था की थी। सुकन्या और जीवन ने इस स्वर्गिक यात्रा का आनंद लेते हुए अपने अनुभव बांटते हुए कब मद्रास पहुंच गए पता ही नहीं चला। अपने गंतव्य में पहुंचते ही सुकन्या के दोनों अधरों को अपनी लंबी सुदृढ़ उंगलियों से बंद करते हुए रुमानी अंदाज में जीवन ने कहा - मुझे समझ नहीं आता नवदंपति हनीमून पर ऊटी, शिमला इत्यादि जगहों पर जाकर अपना पैसा और समय क्यों बर्बाद करते हैं। कहीं जाने की अपेक्षा कोलकाता से मद्रास के रेल यात्रा का लाभ लेते तो स्वर्ग के आनंद को प्राप्त करते।

उसकी बातें सुनकर सुकन्या शर्म से लाल हुए जा रही थी। उसने विवेक से भी कहा - ट्रेन का अनुभव अद्भुत था। लौटने पर तुमको भी यह सुअवसर प्रदान करूंगा। किंतु आनंद ले पाने से हुआ। जीवन जानता था विवेक यह स्वर्गीय आनंद नहीं उठा पाएंगे। सीधे सरल इंसान जो ठहरे। एक सामान्य जिंदगी जीना उन्हें पसंद है। यह रोमांटिक अंदाज, मिश्री में डूबी प्रेम भरी बातें, रति क्रीड़ा उनके सीमा के परे थी।

यह सोचते- सोचते सुकन्या सो गई। उसकी नींद टूटी भोर ४:०० बजे। १ घंटे बाद वह जीवन से मिलेगी यह सोचकर ही उसका रोम-रोम रोमांचित हो उठा। शुरू शुरू में जीवन के साथ रति क्रीड़ा करते समय वह परेशान हो जाती और कभी-

कभी विरक्त सी होती। जीवन का प्रेम, सीमा का मोहताज नहीं था। इतना कि वे स्थान, काल, पात्र की भी परवाह नहीं करते थे। रति प्राप्ति के लिए आतुर रहते। एक बार तो ऐसा भी हुआ विशाखापट्टनम में रमण के घर रहने की व्यवस्था हुई। रमण का परिवार उनके गांव गया हुआ था। कोणार्क एक्सप्रेस से जब सुकन्या घर पहुंची तो देखती है, जीवन उसकी प्रतीक्षा में बैठे हैं। सुकन्या का बेटा मात्र १ वर्ष का था। बेटे को विवेक को थमा कर सुकन्या जैसे ही फ्रेश होने बाथरूम पहुंची जीवन हाजिर। रमन के घर का बाथरूम ही हो गया एक रमणिय स्थान। वह हमेशा से ऐसे ही थे। सम्मान करने में जैसे, प्रेम में भी वैसे एवं रति क्रिया में भी वैसे ही। बेटा जब छोटा था तब वह मां का दूध पीने के लिए जिद करता। तब जीवन की भी जिद करते हुए कहते, एक तेरा, एक मेरा। एक तरफ बच्चा दूध पीता, दूसरे तरफ जीवन। तब जीवन भी बच्चों के साथ बच्चा बन जाता और बच्चे के साथ प्रतिस्पर्धा करते। अवश्य बेटे के थोड़े बड़े हो जाने के बाद जीवन ने ऐसी बदमाशी करना बंद कर दिया। कभी-कभी मन में अद्भुत कल्पना ले जीवन अचानक आ धमकते थे।

व्यक्ति ने शुद्ध हिंदी में कहा - मैं आपको जानता हूं। आपको मैंने अनेक दफे सर के साथ देखा है। मैं हूं टी मेनन। सर के अधीन कर्मचारी हूं। सुकन्या ने चिढ़ कर मन ही मन में सोचा भाड़ में जाए तुम्हारा कर्मचारीपन। उसने चिंतित होते हुए पूछा - जीवन कहां है ? मेनन ने जब जवाब दिया - सर तो नहीं आए हैं। मुझे कहा है कि आपको लेकर सीधे होटल पामग्रुव पहुंचने को।

जीवन कहां गए ? यह लुकाछिपी का खेल कब समाप्त होगा ? जीवन कहां छुपे बैठे हैं ? इस मेनन को स्टेशन मुझे लाने भेज कर। इन्हीं ख्यालों में कोई सुकन्या ने बाहर का दरवाजा बंद किया। अंदर जाकर बाथरूम के बाहर बने प्रसाधन कक्ष में अलमीरा के पीछे खोजा। कहीं जीवन मजाक तो नहीं कर रहे हैं ? देखा ड्रेसिंग टेबल पर चार-पांच सुर्ख और ताजे गुलाब के फूल रखे हुए हैं। उन फूलों को जैसे ही उठाया देखा नीचे खुशबू से भरे कार्ड और पत्र। पास ही पॉलिथीन में कुछ पैकेट रखे हुए थे। सुकन्या ने गुस्से से थरथराते हाथों से पत्र खोलकर पढ़ा। यह कैसी परीक्षा ? साधना, साधना से पुन: एक साधारण व्यक्ति का कांड कारखाना। यह रोज-रोज का पागलपन क्या है ? गुस्सा हो रही हो ? २० वर्षों बाद तुम्हारा यह गुस्से से तमतमाता चेहरा और भी सुंदर प्रतीत हो रहा होगा। यहां नहीं तुम्हारी प्रतीक्षा मैं वेल्लोर में कर रहा हूं। पहले अपना काम समाप्त कर लो। मेरी सोना ! प्लीज गुस्सा मत होना। मेरी

इन हरकतों से तुम्हें कष्ट होता है यह बात मैं जानता हूं। मगर तुमको पाने की जो व्याकुलता मुझ में है वह भी कम नहीं है। मेनन मेरा विश्वास पात्र व्यक्ति है। तुम खाना - पीना करके कुछ समय शांति से विश्राम कर लो। फिर तुम्हें मुझ तक पहुंचाने का दायित्व मेनन पर। तुम्हारे लिए मैंने कुछ रख छोड़ा है। सुबह स्नान करने के बाद वही पहनना और मेरे लिए तुम तैयार हुई हो, ऐसा समझना।

तुम्हारा जीवन

सुकन्या अत्यधिक क्रोध में किं कर्तव्यविमुढ़ सी होकर रोने लगी। इस मनुष्य के अंदर धधकती ज्वाला और भी असहनिय है। विशाखापट्टनम, विशाखापट्टनम से मद्रास, मद्रास से वेल्लोर, फिर कौन जाने यह व्यक्ति उसे लेकर कहां बैठाएगा। असंतुष्टि चाहे जितनी भी हो, वर्तमान स्थिति में जीवन की बात मानने के अलावा उसके पास चारा ही क्या था?

चुपचाप नहा धोकर, कोई भी पैकेट बिना खोले, वह मेनन का इंतजार करने लगी।

मेनन आया और साथ ही कुछ फल भी खरीद कर लाया। वेटर ने कुछ नाश्ता लाकर रख दिया। मगर सुकन्या ने कुछ भी नहीं खाया। केवल थोड़ी सी चाय पी। उसे वेल्लोर जाने की जल्दी मचने लगी। ठीक ११:०० बजे गाड़ी लेकर कुमारन के आने की बात उसने कहीं। कुमारन से सुकन्या भली भांति परिचित थी।

व्यस्तता और अशांति के बीच ११:०० बज गए। तभी कुमारन ने बेल बजाई। सामान लेकर आगे चले मेनन, पीछे-पीछे सुकन्या। पुन: २२८ किलोमीटर की यात्रा। उसे जितनी थकान महसूस हो रही थी, उससे कहीं ज्यादा चिढ़ मची हुई थी। उसने सोचा इससे अच्छा तो जीवन कन्याकुमारी आकर उससे मिलने का प्रस्ताव देता। वह क्या उसके धैर्य की परीक्षा ले रहा है। उसे इस तरह दौड़ा-दौड़ा कर। २० साल क्या पर्याप्त नहीं थे? जीवन के संध्या काल में यह प्रेम- फ्रेम की मानसिकता कहां से आती है। क्या पता?

वह चुपचाप कार में बैठ गई। मेनन ने स्मित हास्य के साथ हाथ जोड़ते हुए कहा - सर का यही निर्देश था। अब आपको कुमारन सही जगह पर पहुंचा देगा। अब मुझे अनुमति दें मैडम।

सुकन्या के पास कहने को और क्या ही था? गुड़िया की तरह केवल

जीवन के निर्देशों को मानकर चुपचाप कार में बैठने के अलावा। कुमारन और ड्राइवर सामने बैठे थे। लंबा समय व्यतीत हो गया। वह करमंडल ट्रेन पकड़ने के लिए ८ तारीख शुक्रवार को घर से निकली। शनिवार को विशाखापट्टनम और वहां से पुन: दिन को मद्रास मेल से रविवार को पहुंची मद्रास। अब पुन: ११:०० बजे वेल्लोर के लिए निकली है। उसे बहुत बेचारगी सी महसूस हो रही थी। बैठे-बैठे वह सो गई। जैसे ही कार रुकी वह उठ पड़ी। कहां जा रही है ? क्या कर रही है ? आधे नींद में पहले वह समझ नहीं पाई। गाड़ी का दरवाजा खोलकर जब कुमारन ने बाहर आने को कहा। तब वह भाव शून्य आंखों से कुमारन को कुछ देर देखते रही। बाद में उसे याद आया वह तो जीवन से मिलने वेल्लोर जा रही है।

आपके खाने के लिए यह स्थान निश्चित किया गया है। आप यही खायेंगी। बाध्य हो सुकन्या गाड़ी से उतर आई। सामने ही था होटल 'रिवर व्यू ' अरे यही तो है वेल्लोर। सुकन्या अपना धैर्य खो चुकी थी। किसी से जीवन का समाचार जानने के अलावा उसकी किसी बात में रुचि नहीं थी। वह निशब्द गाड़ी से उतरकर कुमार के पीछे-पीछे हो ली। वह स्वयं को बहुत असहाय महसूस कर रही थी। उसका खाने में भी मन नहीं लग रहा था। थोड़ा कुछ खाकर वह वैसे ही नि:शब्द बैठी रही। इसके बाद के निर्देशों के प्रतीक्षा में।

सुकन्या नामक नारी आई थी, अपना घर परिवार छोड़कर, अपने प्रीतम से मिलने। और उसका प्रेमी छुपा - छुपी का खेल खेल रहा था उसके साथ। और उसकी आंखें अपने प्रेमी को खोज -खोज कर थक चुकी थी। और वर्तमान में वह विवश है मेनन, कुमारन जैसे लोगों के हाथ की कठपुतली बनने को। वह जो बोलेंगे वह मानने को विवश है सुकन्या।

पुन: कुछ समय पश्चात उबा देने वाली यात्रा आरंभ हुई। अब तो उसने कुछ पूछा भी नहीं। वे लोग उसे किधर लेकर जा रहे हैं। उसका मन दुख, क्षोभ और अपमान से भर उठा उसने अपनी नज़रें बाहर की ओर दौड़ाई। हरे भरे धान के खेत, वृक्ष लता, बंजर पड़ी जमीन, रास्ते के किनारे, उन में गड़े खंबे, कलरव के साथ उड़ते हुए पक्षी, आकाश को ताड़ते हुए लंबे-लंबे असंख्य ताड़ के वृक्ष जैसे वह उनमें ही कहीं खो गई। अचानक कार को मोड़ते हुए कुमारन ने कहा - ठअरे मैडम मैं तो भूल ही गया था दास बाबू का पत्र देना। 'यह कहते हुए उसने सुकन्या की ओर एक लिफाफा बढ़ा दिया। और कितने कार्ड, और कितनी ही चिट्ठियां ? अब तो

उसमें उनको खोलकर पढ़ने की उत्सुकता भी जाती रही थी। कुछ समय तक वह वैसे ही बैठी रही। अपने दोनों हाथों से पकड़े लिफाफे को घूरती रही। जैसे लिफाफा उसे कह रहा हो' मुझे खोलो, मुझे खोलो सुकन्या, यह अंतिम खेल है। इसके बाद और नहीं खेलूंगा तुम्हारे साथ।

सुकन्या ने चिट्ठी खोली। लिखावट से जान पड़ता था, जल्दबाजी में लिखी गई थी। अबकी बार मेरा तुम्हारा मिलन होगा आकाश और जमीन के मध्य यलगिरी में। मैं झूला सजा कर रखूंगा तुम्हारे लिए। तुम आओ। सुकन्या बेदर्दी से चिट्ठी को हैंडबैग में रखकर चुपचाप बाहर की ओर देखते बैठी रही। जीवन से मिलने की लालसा का उत्साह और शेष नहीं रह गया था उसके मन में।

जनवरी महीने की धूप। धीरे-धीरे कार बेंगलुरु रोड पर गतिमान हो रही थी। उसने कभी भी यलगिरी का नाम नहीं सुना था। वहां पहुंचने पर भी जीवन वहां होगा उसका वह विश्वास भी खोती जा रही थी। वहां से उसे और कहीं जाना पड़े। क्या पता ? उसका मन दुखी था। वह जोर-जोर से रोना चाहती थी। मगर मजबूर थी, चुपचाप बैठे रहने को।

यलगिरी और कितनी दूर ? वह आकाश और जमीन के बीच का स्थान जहां जीवन उसकी प्रतीक्षा में बैठा है। उसने फिर से अपनी नजरें बाहर की ओर दौड़ाई। चारों तरफ पहाड़ ही पहाड़। छोटे-छोटे झोपड़ी नुमा घर। सांझ आने को है। ऐसा लग रहा था मानो अस्त होते सूरज ने धरती को अरुण रंग की धड़ी वाली सुंदर चुनरी से आच्छादित कर दिया हो। मद्रास में जून के महीने में जैसा मौसम होता है, जनवरी में भी वैसा ही होता है। ठंड तो बिल्कुल भी नहीं होती। रास्ते के दोनों और पहाड़, चारों ओर अंधकार, रास्ते के किनारे पंक्तिबद्ध वृक्ष तैनात। वृक्षों के साए के बीच-बीच से झरती रोशनी। मन में अशांति होते हुए भी सुकन्या आकाश के उस आकाशीय नीले रंग से अपनी आंखें फिरा नहीं पाई। ऐसा लग रहा था मानो, किसी ने आकाश को अरुण रंग की घड़ी वाली सुंदर साड़ी पहना दी हो। धड़ी भी ऐसी जैसे किसी बुनकर ने अपने सुगढ़ हाथों से ठीक-ठाक नाप कर बुनी हो। आकाशी रंग की साड़ी में नारंगी रंग की किनारी।

सुकन्या ने इतना मनमोहक और जीवंत सूर्यास्त कभी नहीं देखा था। मिट्टी, आकाश, पहाड़, वृक्ष लता, पक्षी, अनंत विस्तार और उसके भीतर मानव का विभोर जीवन। प्राय १५ -१६ किलोमीटर की लंबी यात्रा तय कर जीवन से मिलने जाती

सुकन्या अनमनी हो उठी। क्या यही है उसका जीवन ? दो लोगों को केंद्र में रखकर इस तरह की जिंदगी वह गुजार रही थी। जहां प्रचुर सुख की संभावना होने के बावजूद कभी-कभी उसे किसी भी अति अप्रिय परिस्थितियों का सामना नहीं करना पड़ता था, यह बात नहीं थी। हालांकि उसके पतिदेव विवेक खूब अच्छे और समझदार व्यक्ति थे, और प्रेमी अद्भुत काल्पनिक और भावप्रवण। सुकन्या को उन दोनों के बीच बंटकर, दोनों की मानसिकता को लेकर चलने में बहुत सामंजस्य बिठाना पड़ता था। इससे कभी-कभी वह हैरान हो जाया करती थी।

अब सवाल यह था कि क्या जीवन उसकी प्रतीक्षा कर रहा होगा या.......... ? यदि हां, तो कहां ? अंबूर नामक स्थान से गुजर रही थी। येलगिरी और कितनी ही दूर है ? थोड़ी-थोड़ी ठंड महसूस हो रही थी। मुख्य मार्ग को छोड़ते हुए कार जंगली मार्ग में रुकी। सूर्यास्त हो गया। अभी जीवन क्या कर रहा होगा ? क्या सुकन्या की प्रतीक्षा कर रहा होगा ? या कहीं और के लिए रवाना हो गया होगा ? सामने एक और पहाड़ था जिसकी सर्पिल घटिया दिखाई दे रही थी। सुकन्या को ऐसा लग रहा था जैसे उसकी सांसे रूंध गई हो। उसका मन करता था, बहुत हो चुका, अब और नहीं। यहीं पर सब समाप्त। इन पहाड़ों के किसी शिखर पर छिपे बैठे हैं जीवन। वें निश्चय यहीं कहीं पकड़े जाएंगे। सुकन्या की धड़कनें बढ़ने लगी। २० साल पहले जीवन से मिलने के पूर्व जैसे बढ़ जाती थी ठीक वैसे ही। सुकन्या अपने शहर से निकलकर जीवन के शहर पहुंची। तो जीवन अपना शहर छोड़ कर मद्रास पहुंच गये। और जब वह मद्रास गई तो वे वेल्लोर में हाजिर। अब वेल्लोर से अंबूर होते हुए येलगिरी में। तीर का निशाना बनाकर लिखा था - यलगिरी के लिए रास्ता। गाड़ी धीरे-धीरे ऊपर को चढ़ रही थी। परिवेश शीतल था। पहाड़ के ऊपर से नीचे का सारा भाग दृश्यमान हो रहा था। नीचे घाटी और मैदानी इलाके में बने घरों की रोशनी असंख्य नक्षत्र के समान प्रतीत हो रहे थे। ऐसा प्रतीत होता था मानो किसी ने तारों की चादर बिछा दी हो। अभी तक सुकन्या जिस चीज का अभाव महसूस कर दुखित हो रही थी। वह दुख अचानक ही कहीं अदृश्य हो गया। वह कहीं खो गई। वह क्या देख रही है चार पांच हजार फीट ऊपर जमीन के ऊपर की बत्तियां आकाश का भ्रम पैदा कर रही हैं। यह दृश्य देखकर सुकन्या आत्म विभोर हो गई। चार -पांच हजार फीट नीचे छद्म आकाश और ऊपर चांद तारों नक्षत्र से भरा वास्तविक आकाश और बीच में सुकन्या। तभी कार रुकी होटल हिल के सामने। कुमारन कार का दरवाजा

खोलकर बाहर निकाला। क्या यहां पर मेरी यात्रा खत्म होगी ? किस कमरे का दरवाजा खोल उसकी प्रतीक्षा में बैठे होंगे जीवन ? आशा, आकांक्षा और निराशा की मिश्रित भावना ले सुकन्या ने जमीन पर कदम रखा और कुमारन के पीछे-पीछे जाने लगी। १०४ नंबर के कमरे के सामने खड़ी ही हुई थी कि कमरे का दरवाजा अचानक खुल गया। अंदर प्रवेश करते ही क्या जीवन भों कर उसके सामने कूद पड़ेगा। सुकन्या का सर घूम गया। सामान कमरे में रख कुमारन जैसे ही कमरे में से बाहर निकाल। दो बलिष्ट बाहों ने उसे जकड़ लिया। सुकन्या की आंखें बंद थी, छाती धड़क रही थी और सांस जोरों से चल रही थी। अचानक उसके पांव जमीन के ऊपर उठे और वह शून्य में झूलने लगी। कुछ ही लम्हों में उसने महसूस किया कि उन दो बाहों ने उसे आहिस्ते-आहिस्ते बिस्तर पर प्यार से सुला दिया। उसकी दोनों आंखों के कोर से अविरल गर्म पानी बह रहे थे। उसने अपनी आंखें बिल्कुल भी नहीं खोली। वैसे ही बिस्तर पर पड़ी रही। उसे अच्छी खासी ठंड महसूस हो रही थी, लेकिन उसे उठने या आंखें खोलने की इच्छा ही नहीं हो रही थी। तभी उसे महसूस हुआ कि कोई किसी नरम वस्तु की सहायता से उसके आंखों से निरंतर झरते अश्रु धारा को पोंछ रहा है। सुकन्या यह जान नहीं पाई की जीवन उसके आंसुओं को उसके अपने जीभ से पोंछ रहे थे। उसके इस क्रिया पर वह क्या प्रतिक्रिया करें, उसकी समझ में नहीं आ पा रहा था। वह उस पर गुस्सा करें, गाली दे, दो झापड़ मारे, बाल खिंचें या अभद्र बोले। ऐसे पागलपन की हद तक कोई कैसे प्रेम कर सकता है ? वह भी उम्र के इस मोड़ पर। सुकन्या भूल गई कि उसने १६०० किलोमीटर का रास्ता तय किया है। प्राय: तीन दिन उसने यात्रा की थी। खूब परेशान हुई। अच्छे से खा भी नहीं पाई। अपनी दोनों बाहों से जीवन को खींच लिया। और उसकी छाती में सिमट कर छोटी बच्ची की तरह रोने लगी। अपने प्रेम रूपी अश्रु धारा से भींगा दिया जीवन को। बहुत देर बाद उसने शांत होकर अपनी आंखें खोली, जीवन को देखा। घर के चारों ओर नजरे दौड़ाई। उसके चेहरे पर थोड़ी हंसी आई। जीवन अनन्य उज्जवल और असाधारण दिखाई दिये। और सुकन्या क्लांत अवसन्न और संकुचित। जीवन ने कहा -चलो मैं तुमको एक अच्छी सी मालिश देता हूं। उसके बाद गर्म सावर, फिर कपड़े भी पहना कर, खाना खिला दूंगा। उसके बाद अपनी छाती में सुला भी दूंगा।

सुकन्या ने उसका पागलपन देखते हुए कहा - वाह योजना तो कुछ खराब नहीं, मगर मैं पहले खाना खाऊंगी। मेरे पेट में चूहे कूद रहे हैं। खाना खाओगी या कुछ

और । मुझे नहीं खाओगी। जीवन ने शरारती अंदाज में कहा। देखो तुम्हारे विरह में मैंने तीन दिन खाना नहीं खाया है। मुझे पहले खाना खाने दो - सुकन्या ने कहा। अच्छा तो पहले अपना मुंह धो कर फ्रेश हो जाओ कहते हुए जीवन ने अपने अधर सुकन्या के आधरों पर धर दिए।

पागल

'मैं क्या पहले ऐसा था प्रेम करने मात्र से ही लोग पागल हो जाते हैं।' यह कहते हुए जीवन ने सुकन्या के दोनों हाथों को पकड़ कर उठाया और डाइनिंग टेबल पर बिठा दिया। वहां मध्य में एक सुगंधित मोमबत्ती जल रही थी। पास ही कुछ फल और खाद्य सामग्री रखी हुई थी। पता चल रहा था सुकन्या के आने के पहले ही जीवन ने यह सब व्यवस्था कर रखा था। सुकन्या से कहा - तुम अपने हाथ झूठे मत करो। मैं अपने हाथों से तुम्हें कुछ खिला दूंगा। जीवन ने उसे केला, एक टुकड़ा सेव का और कुछ खजूर और काजू खिला दिया। खिलाते -खिलाते आने के समय का सारा हाल-चाल पूछा। सुकन्या ने कुछ भी नहीं कहा। सभी जगह पर उत्तम व्यवस्था की गई थी। तुमने खाया क्यों नहीं। सुकन्या ने जवाब दिया - क्रोध से मेरा सारा शरीर चल रहा था, खाती कैसे? जीवन ने कहा अभी क्या तुम्हारा शरीर नहीं जल रहा? आओ पहले तुम्हें कुछ ठंडक पहुंचा दूं। फिर बात करेंगे।

दीवाने कहीं के ऐसा भी कोई करता है क्या? तुम तो मुझे सीधे कहते येलगिरी आ जाओ और मैं एक ही दिन में तुम्हारे सामने उपस्थित हो जाती। तीन दिन लगातार तुमने जो यंत्रणा मुझे दी है दुष्ट कहीं के। मैंने क्या कम कष्ट सहा है? अच्छा ठीक है, अब पिछला सब भूल जाएंगे। वर्तमान आज अभी से आरंभ करते हैं। क्या कहती हो? मैंने तुम्हें यदि कष्ट दिया है, तुमने यदि यंत्रणा झेली है, तो उसकी भरपाई करने की जिम्मेदारी भी मेरी। उठो तुम्हें अच्छी सी मालिश देता हूं। उसके बाद स्नान करा कर तुम्हारा श्रृंगार। तीन दिनों के स्नान का कोटा एक दिन में ही। अवश्य थोड़ी सर्दी है। पानी गर्म कर टब में भरकर भी रखा है। महारानी जी की जय हो। सुकन्या ने देखा कहीं भी लाइट नहीं जल रही है। सभी तरफ मोमबत्तियां टिमटिमा रही है। घर के अंदर का परिवेश बहुत सुखदायक लग रहा था। बाहर बीच में पार्टीशन लगा हुआ था। भीतर की ओर मोटा पर्दा लगा हुआ था। जो डाइनिंग को अलग करती थी। उसके बाद बेडरूम, उसके बाद पास में ही नहाने का कमरा। बड़ा कमरा था। और साथ ही बहुत खाली जगह थी। वहां पर एक मेज और कुर्सी रखी हुई थी। जीवन के

अभिरुचियों की तारीफ करना चाहिए। उसकी पत्नी बच्चों के साथ मायके में है। और यह प्रेमी महोदय अपनी प्रेमिका के साथ ५००० फीट ऊपर शैल निवास में मस्ती कर रहा है। वाह रे जीवन। सुकन्या के मुंह पर हंसी आ गई। वह भी कौन सी अच्छी है? बेटा हॉस्टल में रहकर पढ़ाई में लगा हुआ है। विवेक अपने घर और नौकरी को लेकर व्यस्त है। और वह घर बार की चिंता छोड़ दौड़ी आई है अपनी प्रेमी के साथ मौज मनाने। २० वर्षों से उसकी यही दिनचर्या चली आ रही है। अपने गतानुगतीकता से बाहर निकल कर ऐसे जीवन जीने से वह खुश है और इससे संतुष्ट भी। जीवन के ढर्रे से अलग जीने का स्वाद जिसने नहीं जाना। उसे क्या पता जीवन क्या है?

क्यों महारानी साहिबा स्वयं उठेंगी या मैं उठा दूं? बड़े ही रोमांटिक अंदाज में कहते हुए अपनी दोनों बाहों से उठाकर पुन: जमीन पर बिछाई कंबल पर लेटा दिया। और जाकर वॉशरूम से तेल की शीशी ले आए। एक के बाद एक सुकन्या के वस्त्र स्थानांतरित होते रहे। और वह वैसी ही आंखें मुंदे पड़ी रही। मालिश देने के बाद फिर से कंबल पर लिटा दिया। सुकन्या का देह भी ठंड से कांप रहा था। सुकन्या ने कहा -अरे कोई एक चीज दो मुझे ओढ़ने के लिए ठंड लग रही है। थोड़ा रुको मालिश खत्म हो जाने पर ठंड भी खत्म हो जाएगा। और सही में सुभाषित तेल से सुकन्या के पैर के तलवे से लेकर सिर तक देह की धीरे-धीरे मालिश करने लगे। जीवन बहुत अच्छा मालिश करते हैं। उफ ! कितना आरामदायक। धीरे-धीरे नर्म मालिश ने सुकन्या की आंखों में नींद घोल दी। पुन: छोटे बच्चों की तरह सुकन्या को उठाकर पानी के टब में बिठा दिया। पानी गर्म था। सुकन्या इस सुखद अनुभूति को आंखें मूंदे आत्मसात कर रही थी। उसकी आंखें हैं कि खुलने को नाराज थी। जीवन ने धीरे-धीरे उसके पैर से लेकर चेहरे तक हल्के रगड़ के साथ सारा तेल धो दिया। नहलाकर तौलिये से ढककर सीधे बिस्तर की ओर ले गए।

'बाप रे ! गर्म पानी से निकलने के बाद कितनी ठंड।'

सुकन्या थर-थर कांप रही थी। कंबल और चादर मिलाकर उसे उड़ा दिया। और उसे जकड़ कर पकड़ लिया। ऐसी सुंदर नि:शब्दता को तोड़ने का उसका मन ही नहीं हो रहा था। फिर भी उसने कहा - मैं क्या तुम्हारे वस्त्र से कम हूं। मैं तुम्हारा असली वस्त्र हूं। अब मुझे धारण कर लो। देखना कैसे तुम्हें गर्म करता हूं। सुकन्या वैसे ही मौन बैठी रही।

'अभी भी गुस्सा हो ?' कहते हुए जीवन ने अपने दो गर्म अधर सुकन्या के ठंडे अधरों पर धर दिए। धीरे-धीरे दोनों के अधर एक दूसरे में बँध गए। चुंबनों की बारिश होने लगी। सर्वत्र देह पर मूसलाधार बारिश होती रही। सुकन्या परेशान हो गई। पागल आदमी यह क्या कर रहा है ? उसने परेशान होते हुए उसे अपने से दूर करने के असफल प्रयास के साथ कहा - ठंड दूर हो गई। अब मुझे छोड़ो। मुझे बहुत भूख लगी है। थोड़ा रुको वह भी दूंगा।

सुकन्या ने जीवन को दो मुक्के मारते हुए कहा - चोर कहीं के ! उठो। मुझे सच में जोरों की भूख लगी है। तुमने भी तो कुछ नहीं खाया नहीं। मुझे उस खाद्य की आवश्यकता नहीं। मैं तुम्हें खाऊंगा कहते हुए पागलों की तरह वह सुकन्या को अपनी और खींचता गया। प्रेम से, आदर से। उसने कहा सही में केवल पागल की मानिंद ही सोचा है तुमको लेकर। तुमको लेकर कहां-कहां जाने का मन होता है। और तुम अब आई हो इतने दिनों बाद। मुझे तुम्हारी आवश्यकता है सुकन्या। मैं तुम्हें प्रेम दे दे कर खो जाना चाहता हूं। कंगाल हो जाना चाहता हूं। सच में तुम अगर मेरी पत्नी होती तो मैं तुम्हें कभी इतना प्रेम नहीं कर पाता। तुम मेरी पत्नी नहीं मेरा जीवन हो। मेरी आत्मा हो। और मैं तुम पर मरा जाता हूं। तुम मुझे अपनी बाहों के घेरे में जकड़ लो सुकन्या। मुझे अपना प्रेम दान कर धन्य -धन्य कर दो। मेरी अपूर्णता को पूर्णता प्रदान करो तुम्हारे लिए मैं खुशी-खुशी मर भी सकता हूं। खत्म हो सकता हूं।

१ ० ४ नंबर कमरे के अंदर सुकन्या और जीवन अपने अनुभव बांट रहे थे। मोमबत्ती की मद्धम रोशनी ने माया नगरी की रचना कर दी थी। जमीन से ५ ० ० ० फीट ऊपर दो साधारण मनुष्य परस्पर को प्रेम फांस में आबद्ध कर जकड़े हुए थे।

रात्रि १ १ : ० ० वे उठे। परस्पर को देखा कुछ क्षणों के लिए और हंस पड़े। जीवन ने हट करते हुए कहा - मुझे भूख लगी है। आओ मैं खाना परोस दूं। आदर के साथ सुकन्या ने जीवन के दोनों हाथों को खींचकर उठाया। सब कुछ ठंडा हो चुका था। उन्होंने थोड़ा ही कुछ खाया। तभी जीवन ने आग्रह किया चलो बाहर चलते हैं। खुला आकाश देखेंगे। थोड़ी - थोड़ी ठंड लग रही होगी। बाहर झूले में बैठेंगे। तारे हमें देख खुश हो जाएंगे। चलो मैं तुम्हें अपनी बाहों के झूले में उठा कर ले चलता हूं।

छीः ! कोई देखेगा तो ? यहां रात १ ० : ० ० बार भी बंद हो जाते हैं। सभी तरफ सुनसान। यदाकदा ही कोई बगीचे में प्रेम करता दिखाई दे जाता है। जीवन ने सुकन्या को शॉल ओढ़ा दिया। अंदर की अपेक्षा बाहर ठंड अधिक थी। शीतल पवन

चल रही थी। सीढ़िओ पर से ही अनन्य असाधारण आकाश दिखाई दे रहा था। जैसे जमीन पर सितारे उतरकर बिछ गए हो। ऐसा प्रतीत होता था जैसे आसमान ठीक सर के ऊपर ही है। जमीन और आकाश एक रूप हो गए थे। सुकन्या ने चहुंदिश नजरे दौड़ाई। घने जंगलों के बीच घाटियां और नामी गिरामी कंपनियों के असंख्य होटल। सुकन्या का हाथ पड़कर लगभग खींचते हुए जीवन ने पूछा ठंड लग रही है?

'हां'

'दवाई लो।'

सुकन्या के आग्रह पर कमरे को लौटते समय जीवन ने अपने दोनों हाथों से सुकन्या को कसकर पकड़ लिया और उसके होठों को सख्त चुंबन देते हुए कहा और ठंड नहीं लगेगी। पास के ही दरवाजे से होते हुए वे लोग बगीचे की ओर चल पड़े। चारो ओर फूल ही फूल और हवाओं में खुशबू ही खुशबू। घास के ऊपर दोनों पास पास बैठ गए। दोनों पसीने -पसीने हो गए। गुलाब के पेड़ के नीचे दोनों एक दूसरे से लिपटकर सो गए। तभी किसी के पदचाप ने उन्हें उठा दिया। प्रेम में थोड़ा और आगे बढ़ने से अच्छा लगता। जैसे वे लोग जीवन को समझ पा रहे थे। ऐसा ना होता तो क्या वह इतनी दूर तक एक दूसरे से मिलने यूं ही चले आते, दिन - दुनिया, समाज की परवाह न कर। समाज की परवाह न कर के लोक- लाज को किनारे कर इतनी दूर किस सुख से, किस आनंद की खोज में। जीवन ने अपने हाथ ऊपर की ओर किये और कहा - देखो मैं तुम्हारे लिए तारे तोड़ कर ला दूंगा। और यदि तुम इच्छा करो तो चांद भी लाकर दे सकता हूं। क्या सच में इस सारे पृथ्वी में कहीं है इतना सुख ?किसी को चाहने से, नए भाव से जीने में, आग्रह से आगे बढ़ते चलने से ही वास्तव में जीवन अलग-अलग लगेगा, अच्छा लगेगा।

सुकन्या का हाथ जीवन के हाथों पर था। दोनों झूले पर सटकर बैठे थे। पास ही में एक फूल और पत्तों से भरा पेड़ था। नाम पता नहीं। उसके फूलों की खुशबू से महकता वातावरण, आकाश में असंख्य तारे और ठंडी ठंडी पवन। झूले पर दोनों प्रेमी जोड़े सट कर बैठे थे। जीवन ने सुकन्या के कानों के पास धीरे से फुसफुसाया - ठंड लग रही है क्या? थोड़ी और पास आकर सुकन्या ने हामी भरी और कहा ओह ! इधर-उधर हाथ मत लगाओ कहे देती हूं। चुपचाप बैठो और सुनो इन खामोशियों को। इन वृक्ष - लताओं की बातें सुनो। ये तारे शनैः शनैः धरती पर उतर आ रहे हैं। और यह कलियां खिलकर फूल बनने का स्वप्न देख रहीं हैं। और

तुम यह क्या कर रही हो ? उसके गालों पर एक प्यार भरा चुंबन अंकित करते हुए जीवन ने कहा। सुकन्या जीवन के इस पागलपन से परिचित थी २० वर्षों से। चांदनी रातों में घर की छत पर, ग्रीष्म ऋतु में घास के मैदान पर, वृक्षों की छांव तले, बाथ टब के अंदर,लॉन्ग ड्राइव पर, सुनसान दुपहरी में, रेल के कूपे के अंदर, सभी जगह वे पागल से हो जाते। अपने शहर की बात अलग थी। मगर इन अपरिचित जगह पर यह पागल आदमी क्या कर दे क्या पता ? सुकन्या सच में सोच में पड़ गई और कहा - सुन रहे हो ? चलो अंदर चलते हैं। मुझे सच में बहुत ठंड लग रही है। जीवन ने चहकते हुए कहा। कहो तो मैं तुम्हारी ठंड दूर कर दूं क्या ? 'प्लीज अंदर चलो। मेरे सीने से लग जाओ और थोड़े पास।' सुकन्या को पकड़ते हुए जीवन ने कहा।

मेरी सांसे बंद हो जाएगी। प्लीज अंदर चलो। फिर वहां जो चाहे करना। सुकन्या ने कहा - सुनो ! रात कैसी बातें कर रहा है। आकाश कैसे तारों के कानों में फुसफुसा रहा है। जिसे सुन पवन किलकिल कर हंस रही है। तुम चुपचाप यह सब सुनती रहो और मैं तुम्हें अनुभव करता रहूं। मेरी बातें मुझे ही लौट रहे हो ना ? ऐ !मुझे गुदगुदी हो रही है। तुम इधर-उधर हाथ मत लगाओ। प्लीज।

देखो वे लोग कैसे घास के ऊपर जीवन खोज रहे हैं। तुमको तो फिर भी मैंने झूले पर बिठाया है, वह भी अपने सीने से लगाकर। उन को आकाश, तारा, जमीन, पवन सभी स्पर्श कर रहे हैं। मगर तुम्हें मैं किसी के साथ भी बांटना नहीं चाहता सुकन्या। विवेक के साथ भी नहीं। तुम मेरी हो और सिर्फ मेरी। सुकन्या की सांसें सच में बंद हुए जा रही थी। इतने प्यार पाने से, इतने चाहने से, वह अकबका सी जा रही थी। उसके छाती के भीतर भीषण कष्ट हो रहा था। और वह स्वयं से प्रश्न कर रही थी। आखिर क्यों यह मनुष्य मुझे इतना प्रेम करता है ? मगर उसका उत्तर उसे नहीं मिला।

सुकन्या ने पूछा -जीवन तुम मुझसे इतना प्रेम क्यों करते हो ? उसके होठों से अपने होठों को स्पर्श कर और अपने बाहुपाश में बांधते हुए जीवन ने उत्तर दिया - मेरी मां ने एक बार कहा था - मानव मात्र से प्रेम करना ही ईश्वर से प्रेम करना है। मैं तुम्हें देवी मानकर तुमसे प्रेम करता हूं सुकन्या। और सिर्फ प्रेम करता हूं। भोर होते तक दोनों झूले पर ही बैठे रहे। एक दूसरे से सुख बांटते रहे। परस्पर को स्पर्श किया, आदर किया। उनके पैरों तले स्वर्ग का अनुभव हो रहा था। उनको देख तारे रात भर इस ईर्ष्या से जल-जल कर सुबह तक मालिन पड़ चुके थे।

। तिन ।

दो दिनों से बड़ा अस्त व्यस्त सा लग रहा था। ऐसा लग रहा था जैसे कोई कहीं पर उसकी प्रतीक्षा कर रहा हो। कोई उसकी तलाश में है। बिना कारण दुख से भरा हुआ था उसका मन। बीच-बीच में ऐसा होता है। और ऐसा प्रतीत होने पर वह पूरी चल देती थी। अकेले ही श्री मंदिर में घूमती - फिरती। अपनी आंखें बंद कर घंटो - घंटो खड़ी रहती। उनके सामने नहीं तो, मंदिर के किसी कोने में ध्यान मग्न मुद्रा में बैठ जाती थी। कुछ ही समय में उसके अंदर के सारे दुख और कष्ट गायब हो जाते थे। और उसे शांति का आभास होता था। और वह लौट आती। उस दिन सुबह उसने कहा मैं पूरी जा रही हूं। बेटा भी उसके साथ हो लिया और पति भी। सभी साथ में होने पर वह जगन्नाथ से खुलकर साक्षात्कार नहीं कर पाती थी, जैसे अकेले में। उसको यह बात अच्छी नहीं लगती थी। उसे मंदिर अकेले जाना ही अच्छा लगता था।

मंदिर -

भगवान के दर्शन के पूर्व उसने चार दीप खरीदे। एक बेटे को पकड़ाया, दूसरा पति को और स्वयं दो दीप ले मंदिर के अंदर प्रवेश किया। दीपदान करते समय उसने मन ही मन कहा - काश तुम मेरे साथ होते। मुझे कितना अच्छा लगता। मैं जानती हूं मेरे साथ खड़ा होकर तुम कभी भी दीपदान और दर्शन नहीं करोगे। तभी भी मुझे लगता है तुम मुझ में समाये हुये हो और हम दोनों एक साथ खड़े हैं जगन्नाथ के सामने। जगन्नाथ तुमको सदैव निरोगी रखें। तुम स्वस्थ रहो और सुख में जीवन व्यतीत करो। सुकन्या की आंखें भर आई। हमेशा यही घटना घटित होती थी। दर्शन हो गया। बेटे के साथ सुकन्या मंदिर के बाहर आकर मंदिर की परिक्रमा करने लगी। मौसम भी अच्छा था। वे तीनों विमला मंदिर में बैठे थे। तभी सुकन्या चली पुन: मंदिर के अंदर मुक्ति मंडप के सामने वाले द्वारा से अंदर हो ली। जाते ही वह अचानक ठहर गई। उसके सामने से अतिक्रमण करती हुई एक सन्यासिनी गई। स्वत ही

उसकी नज़रें उनके ऊपर पड़ी और वह खड़ी हो गई। ऐसा लगा जैसे ऐसी सन्यासिनी मंदिर के अंदर उसने कभी भी नहीं देखी थी। अद्भुत उसने मन ही मन उच्चारण किया और मंदिर में प्रवेश कर गई।

वह जाकर गरुण स्तंभ के पास खड़ी हो गई। एक बार और त् त्रिमूर्ति दर्शन को, मगर क्या करें उसे लगा जैसे वह सन्यासिनी ही सामने खड़ी हुई है। उसने अपनी आंखें बंद की। बंद आंखों में भी वही दिखाई दी। आकर वह जहां प्रायः रहती थी वहीं बैठ गई। मगर ठीक से बैठ नहीं पाई। उसका मन स्थिर नहीं हो पा रहा था। कौन उसे आकर्षित कर रहा था। वह किसी प्रकार भी एकाग्र नहीं हो पा रही थी। जैसे उसे मंदिर से बाहर निकाल दिया गया हो वैसे ही वह मंदिर से बाहर आ गई।

मुक्ति मंडप के पास एक कोने में वह बैठी थी। कभी-कभी वहां पर बिल्कुल भी भीड़ नहीं होती थी। वहां जाकर वह बैठ गई। आंखें बंद करके एक मिनट बैठी ही थी कि अचानक आंखें खोल कर क्या देखती है। उसे दो हाथ दूरी पर खड़ी है वही संन्यासिनी। अब उसने उन्हें अच्छे से देखा। ऐसी स्त्री उसने पहले कभी नहीं देखी थी। गोल मटोल चेहरा, छोटा चेहरा,खूब ऊंची पूरी, सर पर जटाएं और हाथ में त्रिशूल, ज्वलंत तंबई रंग के परिधान, साधारण गेरुएं रंग की आठ हाथ की साड़ी। दो परतों का आवरण। सर की जटाएं कंधे तक झूल रही थी। गले में रुद्राक्ष की माला, पूरे चेहरे में एक ही चीज आकर्षणीय थी उनकी दो आंखें।

चकित होकर सुकन्या खड़ी हो गई। शुद्ध हिंदी में एक गंभीर नाद सुनाई दी -बैठो। वह बैठ जाए या खड़ी रहे वह निर्णय नहीं कर पा रही थी। एक आनंद और अजीब आकर्षण उस पर क्रमशः काबू कर रहा था। वह अपनी नजरों को उनकी नजरों से हटा नहीं पा रही थी। उसके देह के रोम - रोम उठ खड़े हुए। वह त्रिशूल दीवार पर टिका कर उसके पास बैठ पड़ी। सुकन्या भी बैठ गई। वह कहां है ? वह क्यों नहीं आए तुम्हारे साथ ?

हां हां वह आए हैं मेरे पति - बच्चे बैठे हैं विमला मंदिर में। सुकन्या ने सोचा उसको अकेले देखकर संन्यासिनी अन्य लोगों के बारे में पूछ रही है। उसने कहा - हां वे लोग विमला मंदिर में है।

'वह क्यों नहीं आए तुम्हारे साथ ?'

'वह सब आए हैं ना विमल माता के मंदिर में है।'

'वह क्यों नहीं आया।'

'वह कौन है माताजी ?'

'क्या तुमको मालूम नहीं वह कौन है।'

उनकी आंखों का रंग बदल गया जैसे प्रलय चला आ रहा है। सुकन्या स्तब्ध सी हो गई। डर ने उसे घेर लिया। कौन है यह ? उसके अंतर को पढ़कर, उसको ऐसे लांछित क्यों कर रही है ? उसका मन हुआ वह कह दे - वह तो मेरे भीतर हैं। व्यक्ति की बाह्य उपस्थित क्या एकांतकाम में है।

'उसके बिना तुम अकेली मंदिर मत आना कभी भी नहीं।'

जैसे ही सन्यासिनी ने यह कहा वैसे ही वज्रनाद हो उठा। थर-थर कर के वह स्वर कंपित होने लगा। वे खड़ी हो गई मंदिर के दीवार से लगी त्रिशूल हाथों में ले ली। सुकन्या स्तब्ध चकित होकर उठ खड़ी हुई। उसके मुख से एक वाक्य भी नहीं निकला। डर से वह थर-थर कांप रही थी। नहीं उन्हें छोड़कर अकेले कभी भी मंदिर नहीं आऊंगी। उसने मन ही मन में यह कहा और विमला मंदिर की ओर बढ़ चली।

उसे छोड़कर तुम मंदिर आई कैसे ? वे लोग तो आए हैं। बैठे हैं विमला मंदिर में। वे लोग मतलब ? जिसको तू स्वामी रहती है, जिसे बेटा कहती है। वे लोग कभी भी तेरे नहीं थे। उनको बिना साथ लिए कभी भी मंदिर ना आना। कभी भी नहीं। मेरी बात तुझे याद रहेगी तो ? धमकी देने के अंदाज में उन्होंने कहा। उनकी आंखों का रंग बदल गया जैसे प्रलय बढ़ा चला आ रहा हो। सुकन्या थरथर कांप उठी डरने लगी। स्तब्ध हो गई।

उसने सोचा - यह क्यों मेरे अंतर को मथ कर मुझे लांछित कर रही है ? उसका मन हुआ वह चिल्लाकर कह दे - वे मेरे भीतर समाहित है। व्यक्ति की बाह्य उपस्थित क्या एकांतकाम्य में है ?

वह उठकर खड़ी हो गई और स्वयं से प्रश्न करने लगी। आप और किसकी बात कर रही हैं ?

तुम्हें क्या पता नहीं वह कौन है ? जिसकी बात मंदिर के अंदर कर रही थी। सुकन्या के अंदर भूकंप संगठित होने लगा। मंदिर के अंदर जो बात वह सोच रही थी वह बात उन्होंने कैसे जाना ? वह आश्चर्यचकित हो देखते ही रह गई।

। चार ।

जीवन के आने के समय सुवेंदु आए बोलांगीर से। उनका सुकन्या के साथ परिचय नहीं था। जीवन ने परिचय करवाया - यह सुवेंदु है। मेरे एक मित्र। लिखते हैं। अवश्य यह बात सही है कि जीवन के प्राय: सभी अंतरंग मित्र सुकन्या को जानते थे। प्रथम - प्रथम जीवन किसी के साथ सुकन्या का परिचय कराते समय सुकन्या अशांत सी हो जाती। संपर्क जितना भीतर हो उतना अच्छा। क्योंकि फिर बाहर नाना प्रकार की बातें आलोचना इत्यादि होगी। मगर अंत में ऐसा हुआ जो जैसा सोच रहा है सोचे। जो भी सोचेगा दोबारा आकर कुछ पूछेगा नहीं। जो जैसा भी बोलेगा पीठ पीछे ही बोलेगा। बोलने दो, क्या फर्क पड़ता है ? ऐसा जान पड़ता है प्रेम में पड़कर मनुष्य बेपरवाह बन जाता है। सुवेंदु ने बोलांगीर जाने से पूर्व सुकन्या और विवेक के नाम लिखे हुए एक कार्ड दिया। मेरी बेटी की शादी है। आप लोगों के आने से समारोह में चार चांद लग जाएंगे। जरूर आइये। इसी बहाने बोलांगीर भी देख आएंगे। जीवन विशाखापट्टनम लौट आए। दो-चार दिन अच्छे-अच्छे से कट गए। सुकन्या के यह चार दिन बड़े अच्छे से बीते। जीवन के लौटने पर उसने पूछा - तुम आओगे क्या बोलांगीर ? अरे मेरे नहीं आ जाने से वह क्या मुझे जीने देगा ? १८ तारीख की रात १२:०० पहुंचूंगा। २१ तारीख को ऑफिस जाऊंगा। क्यों क्या हुआ ? मैं आऊं क्या - सुकन्या ने पूछा। नहीं -नहीं मत आओ। जो दूसरे मेहमान आएंगे वह सवाल करेंगे। तुम्हारे विषय में ना जानने वाले लोग ज्यादा। बोलांगीर छोटी जगह है नहीं आने से ज्यादा अच्छा।

सुकन्या चुप रही। जीवन विशाखापट्टनम लौट आया। फोन द्वारा पता चला वहां उसके दिन बहुत अच्छे से कट रहे हैं। इस बार की अनुभूति अनन्य थी। सच कहा जाए तो जितने बार जीवन आता उतने बार उसे नया-नया सा लगता। जैसे हर मुलाकात नई-नई हो। जैसे पहले एक दूसरे से अनजान रहे हो १६ तारीख को जीवन ने अचानक फोन किया।

ऐ ! सुन रही हो ? क्या तुम आ सकती हो ? मैं वहां अकेला क्या करूंगा इतने समय ? विवेक को साथ में लेकर तुम क्यों नहीं आ जाती। १८ तारीख सुबह निकले तो शाम तक पहुंच जाओगी। रात्रि १२:३० पर मैं पहुंच जाऊंगा। तुम वही रहना। तुम आ जाती तो अच्छा लगता। मेरे मन में तुम्हारी अभिलाषा ने फिर से जोर मारा है। ऐसा लगता है जैसे युगों हो गए तुमसे मिले। सुकन्या ने हंसकर कहा अभी तो गए हो। फिर यह क्या ? वहां तो तुम्हारे परिचित होंगे। वहां मेरा क्या होगा ?

आओगी या नहीं ? गोली मारो मेरे परिचित लोगों को। प्लीज आओ।

सुकन्या ने स्वीकृति दे दी।

अपनी गाड़ी लेकर १८ तारीख को सुकन्या विवेक संग निकल पड़ी। बोलांगीर का रास्ता उनके लिए नया था। रास्ते में लोगों से पूछते - पूछते नक्शे के अनुसार दिन में ही निकल पड़े। खुर्दा, खुर्दा से नयागढ़, नयागढ़ से दसपल्ला, दसपल्ला से बौद्ध, बौद्ध से सोनपुर, सोनपुर होकर बोलांगीर की ओर चले। लगभग १२ घंटे का घाटियों भरा रास्ता। अपने जीवन में ऐसा रास्ता नहीं देखा था विवेक और सुकन्या ने। दोनों ओर जंगल के बीच में टेढ़े-मेढ़े रास्ते, प्रतिस्पर्धा कर बढ़ाते वृक्ष, छायादार परिवेश। एक अलग ही भावना में डूबी सुकन्या सोच रही थी, काश इन रास्तों में जीवन उनके साथ होते। रास्ता खत्म होने का नाम ही नहीं ले रहा था। इतने लंबे रास्ते को पार कर लगभग रात्रि १०:०० बजे बोलांगीर पहुंचे। होटल क्लासिक में पहले से उनके नाम का कमरा बुक था। रूम नंबर १०९ जीवन का रूम नंबर १०८ आमने-सामने के कमरे थे। अन्य लोगों के कमरे ऊपर थे। नहा धोकर सुकन्या जीवन के लिए तैयार हो गई। वे आए थे विवाह में सम्मिलित होने। रात्रि ठीक १२:३० पर एक ठंडी हवा के झोंके ने खबर दी जीवन आ रहे हैं। उसकी आवाज सुनते ही सुकन्या उठ बैठी। साथ में अनेक लोग भी थे। उन सभी को जल्दी से जल्दी विदा किया। ठीक रात्रि १:०० बजे सुकन्या के दरवाजे पर हल्की सी दस्तक हुई। जीवन आए, कुछ समय तक चुपचाप बैठे रहे। परस्पर को स्पर्श कर अनुभव किया। तत्पश्चात आरंभ हुआ आदान-प्रदान का पर्व। इस समय भी ये अनन्य अनुभूति अच्छी लगी। सुबह ४:०० तक उन्होंने एकत्र हो सुख प्राप्त किया। परस्पर को आदर किया और कृतज्ञ हुए। जीवन अपने कमरे में लौट गए। फिर सुबह ७:०० बजे आए। सुकन्या को उठाने। पूरे सेज पर बिखरी पड़ी थी सुकन्या की पायल, चूड़ियां, गले का हार इत्यादि उन सबको उसने उठाया, साथ में सुकन्या को

भी। सुकन्या के देह पर कुछ भी प्रतिबद्धता जीवन सह नहीं पाते थे। विवाह समारोह आरंभ हो चुका था। कुछ परिचित लोग होने की वजह से जीवन थोड़ा हटकर चल रहे थे। सुकन्या हर परिवेश में सामंजस्य जमा लेने में सक्षम थी। विवाह समारोह में ऐसा अभिनय कर रही थी, जैसे वह जीवन को जानती ही नहीं। वह कोई अपरिचित है। जीवन भी सुकन्या के ऊपर नजर पड़ते ही नजरे हटा लेते थे। एक बार उसे ऐसा लगा जीवन ने सबसे नज़रें चुराकर उसे आंख मारी। मन ही मन बुदबुदाया - बदमाश कहीं के। जीवन भी चारों ओर देखकर निश्चित हुए कि यह करते हुए उन्हें कोई देख तो नहीं रहा था ? सुकन्या विवाह समारोह की भीड़ में से निकल पड़ी अपने कमरे की ओर। कमरे में पहुंचने के ठीक आधे घंटे बाद पहुंचे जीवन। सुकन्या ने पूछा -क्या हुआ ? वापस चले आए। मेरी दुल्हन तो यहां है मैं वहां क्या करूंगा ? दोपहर का समय निराला है वहां मेरा क्या काम। बल्कि यहां कमरे में तुम्हारे साथ सोने से लाभ है। आओ एक साथ सोए।

सुकन्या का दिमाग घूम गया। यह सोचकर कि इस अजीब आदमी का क्या किया जाए ?दोपहर के समय बाबू साहब आ पहुंचे कमरा नंबर १०९ में। जीवन हमेशा से ऐसा ही था। उन लोगों ने गपशप की। अंतरंग भाव से एक दूसरे को मुक्त किया। प्रेम रूपी मोतियां संग्रह की। अपने शहर से दूर परस्पर प्रेम विनिमय कर रहे थे। जितना आगे बढ़ते उससे भी ज्यादा पीछे लौट आते। १९ की रात का समय भी उनके पास था। शादी रात्रि १०:०० बजे थी। वे लोग ११:०० लौट आए। जीवन नए-नए विवाहित लड़के की तरह दिखाई दे रहे थे। सुकन्या से बड़े आदर के साथ प्रेम भिक्षा कर रहे थे -'आज क्या हमारी सुहाग की रात है सू ?'

'पता नही ?'

तुम्हारा क्या वैसा ही मन नहीं हो रहा ? जीवन उसे उत्तेजित करने में लग गए और अपने भीतर समेट लिया।

यह सब कैसे संभव होता था। वे दोनों क्लांत नहीं थे। विवश भी नहीं थे। बड़े ही श्रद्धा भाव से वे एक दूसरे से अलग होते थे। और फिर से वे परस्पर को खोज लेते थे और पाते थे स्वप्निल अंतरंग मुहूर्त। जीवन ने कहा - तुम्हारी पिछली बातें याद आ रही है। सुकन्या उस बरसात की रात की बातें कहो। गोपाल ड्राइवर को लेकर आते-आते कैसे बारिश हुई थी। ऐसी बारिश भरी रातें मैंने कभी भी ना देखी थी। रात भर कैसी बारिश होती रही। और कैसे सारी रात रति दान कर तुमने मुझे डूबा दिया

था बाढ़ में याद है ? रात में रमणी को चरम करने के सिवाय और रमणीय क्या है ?

बदमाश ! जीवन के गले के नीचे चुंबन देते हुए सुकन्या ने कहा - वह क्या रात थी। वह कैसे अपूर्व रति दान किया था तुमने। रति क्रिड़ा करते-करते रात कब बीत गया पता ही नहीं चला। मगर हमारी क्षुधाएं शांत नहीं हुई थी। काश आज वैसी बारिश होती।

२२ वर्ष पूर्व की बरसात की रात याद कर रहे थे जीवन। उस समय सुकन्या की आयु कितनी रही होगी। शायद २० वर्ष नया-नया घर संसार बसाने के कुछ दिनों के बाद की बात है। महाशय गाड़ी पड़कर नौकरी की जगह पर उपस्थित। विवेक तो वास्तविक में विवेक की व्यक्ति है। जैसे किसी ने हाथों में सोने का टुकड़ा पकड़ा दिया हो। वह कैसे इतने विवेकी हुए पता नहीं। अगर उन्होंने जीवन से ईर्ष्या की होती कभी ? क्या हुआ -जीवन ने पूछा ? 'कुछ नहीं बरसात की वह रात याद आ गई। उस दिन और आज के दिन में क्या अंतर है। कुछ अंतर है क्या ? वरन उन दिनों शारीरिक सुख सब कुछ था। मगर आज और भी कुछ है।'

सच कहा इतना प्रेम करना कैसे संभव हुआ ? योग में, भोग में, त्याग में, सभी में तुम ही हो सुकन्या। इतना कुछ देना। कितना कुछ लुटा देना। क्या कम बात है ? हमारे भीतर कौन देता है ? और कौन ग्राही है ? हम दोनों तो बराबर है ना, सामान - सामान।

उस दिन पूरी रात बीत गई। पिछली बातों को याद करते-करते। परसों सुबह और दोपहर था अन्य लोगों के लिए। भीड़ से बचते बचाते जीवन अपना चेहरा दिखाकर जा रहे थे। दिन समाप्त हुआ। रात १२:०० जीवन की ट्रेन थी। शाम का समय था केवल और केवल सुकन्या के खातिर दोनों ने एक साथ स्नान किया और शाम की प्रार्थना भी एक साथ की। जप करते समय जीवन अधीर हो उठे। हर वक्त अधीर। अस्थिर फिर भी स्थिर। उनका एक दूसरे के प्रति आदर था अनन्य। सुकन्या क्लांत नहीं हुई। २२ वर्ष का दीर्घकाल व्यतीत हो जाने पर भी उसके मन से जीवन के लिए प्यार थोड़ा भी कम नहीं हुआ था। जीवन के तूफान रूपी प्यार से वो कभी भी थकती नहीं थी। जीवन उसे अनन्य जान पड़ता है। सुकन्या को जीवन जीना असंभव प्रकार से मादकता भरा प्रतीत होता है। स्वयं के अंदर समाहित करते हुए जीवन ने पूछा - 'कैसा लग रहा है।'

'अनन्य'

और थोड़ा खींचने पर सुकन्या ने चीत्कार कर कहा- मर जाऊंगी। कोई ऐसे भी पकड़ता है भला? मेरी सांसे बंद हो जा रही हैं। तुम्हें अपने इतने समीप चाहता हूं कि तुम्हें अपने रक्त में मिला लूं। ऐसा मन करता है। मैं क्या अकेले वापस जा सकूंगा तुम्हारे बिना। वहां कैसे जीवित रहूंगा। जैसे अब तक बचते आए हो। तुम्हारी पत्नी है। बच्चे । और क्या चाहिए।

मुझे तो सुकन्या चाहिए।

सुकन्या कहां मिलेगी?

यहां है वह। मुझ में समाहित हो जाओ।

तुम इतना प्यार क्यों करते हो?

तुम क्या प्यार नहीं करती सुकन्या? सच में बताओ तुम क्या प्यार नहीं करती?

जीवन के आदर्श सम्मान के बीच सुकन्या की आंखें बंद हो जा रही थी। एक मीठा कंपन उसे बांधे रखा था। उसे हिला रहा था और जगाए रखा था। उसने पुन: कहा - दो और दो वही मधुर स्पर्श और दो। और उसे अपने प्रेम से सराबोर कर दिया। वह हमेशा से ऐसा ही था इतना चंचल, वेगवान। सुकन्याआनंद से अधीर हो अपनी दोनों बाजुओं के वलय में उसे बांधते हुए फुसफुसाकर बोली - तुम्हें प्रेम करती हूं। और केवल तुमको जीवन, मेरे जीवन। सुदूर बजते वाद्ययंत्र के जैसे किसी गीत के स्वर की तरह। उसने फिर से कहा - मैं धन्य हो गई, पूर्ण हो गई, अब तुम मुझे समाप्त कर दो। जैसे नदी सागर में मिलती है वैसे ही मुझको स्वयं में समा लो। प्लीज, इतनी दया करो।

जीवन के जीवन दान से सुकन्या बही चली जाती थी। उसमें ही खो जाती थी। इतना प्रेम इस पृथ्वी पर कैसे संभव है। वे दोनों छाती से छाती, हाथों से हाथ, अधरों से अधर मिला एक अपूर्व आनंदमय में जगत में विचरण कर रहे थे।

जीवन भूल ही गए थे कि उनकी ट्रेन १ २:० ० की है। सुकन्या भूल गई थी कि अभी जीवन चला जाएगा और वह अकेली रह जाएगी। बिल्कुल अकेली। फिर बिस्तर उठाएगी। अपना सामान रखेगी। लौटने की प्रक्रिया में व्यस्त हो जाएगी। फिर ना जाने जीवन कब आए या तो वह जाए जीवन के पास। पता नहीं कब एक साथ हो, फिर सुख और दुख के समय बांटने।

। पाँच ।

सुकन्या तुम आ रही हो। चारों ओर पवन महक उठे हैं। हमने घर को अच्छी तरह सजा दिया है। सुकन्या तुम आओगी इस बात से ही जीवन इतना सुंदर लगने लगा है। आओ शीघ्र आओ। आने से अच्छा लगेगा। बहुत अच्छा लगेगा। सुबह -सुबह तुमने स्टेशन में सुकन्या के पैर धोए। ८:०० बजे फोन किया। आओ सुकन्या मेरा घर तुम्हारी प्रतीक्षा में है। तुम्हारे लिए क्या लाऊं। तुम स्वयं आओ। मुझे सिर्फ तुम्हारी जरूरत है। आह ! सुकन्या के पैरों तले क्या मिट्टी थी ?

कहां से आएगी मिट्टी ? वह शून्य में जो खड़ी थी। एक मनुष्य था, जो प्रेम की अदृश्य चाबी पड़े खड़ा था। उसकी आंखों के सामने उसका मन चाबियां के गुच्छे को पकड़ कर दौड़ जाने का हुआ। पवन के साथ तुम तक। सुकन्या बाहर निकली। विवेक ने गाड़ी बाहर की और दोनों निकल पड़े, तुम्हारे पास। तुम बालकनी में खड़े थे। सफेद ढीला कुर्ता और ट्राउजर पहनकर और हमेशा की तरह सुंदर और अनन्य दिखाई दे रहे थे। तुम थोड़ा हंस दिए, जिससे सुकन्या के भीतर भूकंप सा आ गया। यह अनुभव कैसे आता है ? पृथ्वी में ऐसा प्रेम संभव है यह कौन विश्वास करेगा ? सीढ़ियां चढ़ते समय तुम द्वार बंध के उस पार थे। सुकन्या नीचे बैठ गई और प्रणाम किया। जीवन ने पूछा - तुम कैसी हो मां। सुकन्या हंसी - अच्छी हूं बाबा। यह भी एक प्रकार का अन्य संबोधन है। सुकन्या जीवन से करीब १४ - १५ वर्ष छोटी थी। अति सम्मान से कभी-कभी उसे बाबा कह कर पुकारती थी। इस दृष्टि से जीवन उसे कभी-कभी मां, मेरी बेटी बोल संबोधन करते थे। गाड़ी आज सही जगह पर पहुंची। रात को नींद अच्छी आई तो ? - सुकन्या ने पूछा।

सब कुछ ठीक-ठाक था। किंतु रात में नींद नहीं आई। उनके मिलने की

इच्छा इतनी बलवती हुई की रात एक काल्पनिक आग्रह में ही बीत गया। विवेक बाहर बैठकर अखबार पर रहे थे। एक गिलास पानी देना जरा।

चाय बनाऊँ? - सुकन्या ने पूछा।

ना अभी नहीं कुछ समय बाद। देखो तो यह क्या है?

क्या दिखाओ कबर्ड के पास एक सूटकेस रखा था। सुकन्या जैसे ही आगे की ओर बढी जीवन ने उसे पकड़ लिया। मेरा जीवन नष्ट - भ्रष्ट हो गया और रहा नहीं जा रहा।

सुकन्या ने कहा - अब तो ठीक-ठाक है। इतना व्याकुल क्यों हो रहे हो? सच में किसी चीज का क्या ठिकाना है सू। मुझे देखो। मेरा ही क्या भरोसा है। प्राप्ति का दुख मुझे बड़ा विकल कर रहा है। मेरी तो सदा सर्वदा की इच्छा है कि तुम्हारे साथ समय व्यतीत करूँ। काश ईश्वर मुझे कान्हूपा बना देता भला। मैं भले सरसों के खेतों की रखवाली करती पर तुम मेरे पास होते। असंभव प्रकार का एक सुंदर जीवन हमारे सामने होता। हम साथ - साथ जीते। जीवन को भोग करते। आह! कितना अपूर्व।

१०:०० बोर्ड मीटिंग थी। सुकन्या जानती थी। एक बार प्रेम का आरंभ हो गया तो बोर्ड मीटिंग हो या ट्रेन से कहीं जाने का समय हो सब कुछ भूल जाता है। जीवन पागल हो जाएंगे। उस समय सब गायब हो जाएगा। सुकन्या पास नहीं आई। 'प्लीज थोड़ा खोल कर मुझे छूने दो ना'। 'रात के लिए रहने दो। अभी काम है। मीटिंग के लिए तैयार रहो।'

'५ मिनट के लिए तुम मुझे लाड़ करो। मैं इतनी दूर से आया हूं। दया करके ५ मिनट सिर्फ ५ मिनट।'

'१ सेकंड भी नहीं।'

'ठीक है, राजी।'

सुकन्या जानती थी, होठों से आरंभ होगा और वह चुंबन उसे इतना बाध्य कर देगा कि वह स्वयं को भी रोक नहीं पाएगी। उसका शरीर पिघल जाएगा। पिघल कर पानी होने से पहले जीवन उसे समेट लेगा। वह नीचे की ओर सर कर खड़ा हो गया।

एक चुंबन दो ना प्लीज कहते हुए जीवन में उसे अपनी और खींचा और दोनों की सांस में एक हो गई उसके होठों से जीवन के होंठ स्पर्श किए।

कैसे ५ मिनट बीत गए। कितने समय उसकी साड़ी जमीन पर गिरी। कितने समय तक वह जीवन के बाहुपाश में बंद रही, यह सब हिसाब करते तक १०:०० बजने के लिए और कुछ मिनट ही रह गए।

अभी मुझे छोड़ दो प्लीज। तुम्हारा समय हो गया है। आधा बाकी रह गया। मात्र ढाई मिनट हुए हैं। दोपहर १:०० बजे मीटिंग समाप्त होगी। १:०५ में तुम्हारे घर में रहूंगा। तुम तैयार रहना।

सुकन्या घर को लौट आई। जीवन के लिए खाना परोसा। ५ मिनट में जीवन उपस्थित। थोड़ी भी देरी नहीं हुई। इतने वर्षों के बाद भी जीवन प्राणवंत हो उठे थे। अच्छे दिख रहे थे। सुकन्या पुलकित हो उठी। आओ ! मैं बिल्कुल भी समय नष्ट नहीं करना नहीं चाहता। कुछ खाऊंगा नहीं। यदि खाया भी तो ३:०० के बाद। पागल हो क्या ? हां अब चलो अंदर तुमको पकड़ कर दो घंटा सोऊंगा चुपचाप। उठूंगा, खाऊंगा उसके बाद बाकी बातें।

उसे धक्का देकर जीवन घर के अंदर ले गया। मेरे ढाई मिनट बाकी हैं। यह बात क्यों भूल जा रही हो।

सुकन्या समझ नहीं पाती थी जीवन उससे ऐसी पागलों की भांति क्यों प्रेम करता था ? उसे अपना कर क्यों सुखी होता था ? इतना सुखी होता था ? कभी-कभी सुकन्या प्रश्न करती ऐसी क्या बात है जो तुम मुझ में खोजते हो ? तुम नहीं जानती तुम क्या हो ? तुम एक अद्भुत शक्ति हो। तुमको प्राप्त करने से मेरी शक्ति बढ़ जाती है। तुम एक अग्नि कुंड हो जिसमें तेज देकर मैं ऐसे शांति और शक्ति प्राप्त करता हूं।

सुकन्या यह सब समझ नहीं पाती थी। जीवन से वह प्रेम करती है। आज हम दोनों एक साथ खाएंगे। तुम खाना परोसना। तुम उल्लघन होकर यह सब करना, तो तुम्हारे ढाई मिनट माफ। घर के अंदर आने के बाद जीवन ने अपने वस्त्र उतार दिए। बिस्तर के ऊपर सो कर पुकारा आओ रात में मैं सोया नहीं। केवल मेरे शरीर से शरीर लगाकर सो जाओ। मुझे मोक्ष की प्राप्ति होगी। सुकन्या पलंग के किनारे खड़े हो गई और जीवन को ध्यान से देखने लगी। फिर जाकर जीवन के पास सो गई। मुझको जोर से पकड़ कर सो, नींद आ जाएगी। गोद में सोने से क्या सचमुच में नींद आ जाएगी ? ऐसे नहीं तुम्हारे दो हाथों से मेरी गर्दन को चारों ओर से पकड़ो। जैसे मेरे अधर तुम्हारे अधरों को और मेरी नाक तुम्हारी नाक को, छाती छाती को और पैर पैर को स्पर्श करें। इसके बाद जीवन के हाथ अनियंत्रित हो जाएंगे।

सो जाओ।

मैं क्या जगा हुआ हूं? मैं तो सोया हूं। मेरी आंखें देखो खुली है। उसके बाद पसीना बह जाएगा। एक प्रलय आएगा और सब कुछ शांत हो जाएगा।

'ऐसा ही है जीवन।'

और ऐसा ही है उनके लेनदेन का खेल। क्यों अच्छा लगता था? क्यों अच्छा लगता था हर पल हर क्षण? दिन पर दिन बीते जाते थे। सुबह-शाम और रात मन नहीं भरता था। इस भाव से विरक्ति ही नहीं आती थी।

दोनों एक दूसरे को प्यार भरी नजरों से निहारते। कभी सिहर उठते। मगर दोनों को एक दूसरे का सानिध्य कभी खराब नहीं लगता था। दोनों के ही परिवार में दोनों को लेकर कोई क्लेश ना था। कोई किसी को गलत नहीं समझते थे। बड़े अच्छे से बीता था यह लंबा समय। जीवन कितना पूर्ण है -परिपूर्ण।

सुकन्या समझ नहीं पाती कैसे इतने वर्ष प्रेम से परिपूर्ण हो बीत गए या इतना मधुर हो सकता है जीवन को पाना।

जानती हो सबसे पहले मैंने तुम्हें कब स्पर्श किया था? कब बोल तो?

३ जुलाई १९८१ को ४:३० पर। बाहर बारिश हो रही थी।

मतलब तुमने याद रखा है और क्या-क्या याद रखे हो?

तुम्हारे किस अंग को पहले छुआ था। तुम्हारे अधरों को, मन को, गाल को, छाती को।

तुम ही कहो -बाज़ारी कहीं के।

छाती को -याद आया।

यह फोन रखा। अभद्र बातें करने से फोन फेंक कर मारुंगी। अरे !फोन फेंक देने से क्या? मैं तुमको फेंक दूंगा इस जन्म में नहीं की सात जन्मों में भी नहीं।

आज १८ तारीख है। २८/७ को टिकट करना। मैं विशाखापट्टनम से ट्रेन में बैठूंगा। हेड ऑफिस मद्रास जा रहा हूं। मीटिंग है। यदि यह नहीं करोगी तो मैं यही से तीन टिकट कर लूंगा। तुम वहां से विशाखापट्टनम आ जाओ। करमंडल से यहां सुबह-सुबह पहुंचोगी। मैं स्टेशन में रहूंगा। सुबह ही दर्शन भी हो जाएंगे। यहां से मेल में टिकट कर दूंगा फर्स्ट क्लास में क्या बोलती हो ?हमारे लिए फर्स्ट क्लास ही सही है। तुम्हें याद है मद्रास मेल कि वह यात्रा, कूपे में?

सुकन्या ने कहा - हां बाबा याद है। और कुछ कहना है?

बातें क्या खत्म होगी ? मुझे बहुत सी बातें कहनी है। तुमको प्राप्त करने पर ही कहूंगा। हां ठीक है और कुछ ? कल विवेक के साथ बात कर मुझे सूचित करना १० वर्ष की पूर्ति करूंगा एक चमत्कार स्थान में। ३ जुलाई याद है तो ?

अरे बाबा हां याद है। तुम्हारे अंदर की ज्वाला क्या मैं सह पा रही हूं ? जानती हो तुममें खो जाने का मन हो रहा है। मुझे थोड़ा लाड़ कर दो ना।

भाग - सुकन्या ने फोन काट दिया। फोन पुन: रिंग हुआ। सुकन्या चुपचाप बैठी रही। फोन नहीं उठाया। कुछ समय बाद उसने रिसीवर उठाया और कान से लगाते ही सुना -मुझे एक चुंबन दो प्लीज फिर मैं फोन रख दूंगा।

वहां पर पास के कमरे में बेटा बेटी और यहां विवेक।

झूठ ! जब तक मुझे चुंबन नहीं दोगी तब तक फोन नहीं रखूंगा। अगर तुमने फोन रख दिया तो फिर फोन करूंगा।

अंत में हार कर सुकन्या ने चुंबन दिया।

और दूसरे गाल के लिए ?

फिर से एक।

ओंठ प्रतीक्षारत है और एक चुंबन के लिए। फिर एक, दो, तीन और दो और दो मुझे अपने चुंबनों से आच्छादित कर दो। तुम्हारे अधरों पर कितना मधुरस है ?

सुकन्या ने फोन रख दिया। दूसरे दिन सुबह ४:०० बजे फिर से रिंग हुआ। टिकट कर दिया है मैंने मेल से। विवेक ने क्या कहा ? मैं बताऊं ? वे और क्या बोलेंगे तुम जो बोलोगी वह निकल जाएगा उसके मुंह से। वाह ! गुड बाय और मेरी सुंदरी सुकन्या वह क्या निकल जाएगी ? तुम्हारा टिकट अभी हुआ नहीं है होगा। बेटा चार दिन बाद चला जाएगा। ११ तारीख को ४ दिन बाद उसके बाद हम जो भी करेंगे।

अरे बेटा तो जाएगा उसके रास्ते। तुम आओगी १८ तारीख। अभी से टिकट कर दो या मैं टिकट करके भेज दूं। १८ तारीख का टिकट बन गया विशाखापट्टनम होते हुए मद्रास। विशाखापट्टनम पहुंचने पर स्टेशन पर अपना सामान लेकर जीवन ट्रेन में हाजिर। महाशय सीधा घर से चले आए हैं। और कितना समय। होटल दसपल्ला में हम फ्रेश होने के बाद मेल पकड़ने। सुबह की चाय पियेंगे कुछ खुशी कुछ गपशप और थोड़ा स्पर्श।

बाथरूम में कुछ बदमाशियां। जीवन हमेशा वैसे ही था ऊर्जावान। इस मधुरता के बीच कैसे समय गुजर जाता पता ही नहीं चलता। विवेक बाहर निकल गए। सुकन्या कपड़े बदलने के लिए साड़ी बाहर करने लगी। जीवन ने पूछा -याद है?

क्या?

तुम्हारे साथ मेरे प्रथम मिलन की बात?

सुकन्या साड़ी पड़कर बैठ गई। सुदूर २० वर्ष पहले ले गए जीवन उसे। उस समय दोनों केवल पत्र व्यवहार द्वारा ही परिचित थे। लिखना जीवन का शौक था। प्रथम पाठिका के हिसाब से सुकन्या जीवन के साथ पत्र व्यवहार करती थी। उसकी बड़ी भाभी के तरफ से भी कुछ जान पहचान थी। चंद पत्र के आदान-प्रदान के बाद अचानक सुकन्या के पास पहुंच गए थे जीवन। उस समय तक उन्होंने परस्पर का चेहरा भी नहीं देखा था।

बाहर धुआंधार बारिश हो रही थी। उसके दो कमरों के घर के सामने आकर रुकी एक फीएट कार। उससे एक रईस व्यक्ति बाहर निकाला और घर तक आते-आते पूरा भीग गया। बरामदे में चले आने पर दरवाजे के सामने सुकन्या खड़ी थी। उसने उनके पैर छुए। ऐसा मनमोहक चेहरा जिसे देखते ही प्रेम हो जाए। सुंदर सुडौल और आकर्षक। उनकी दोनों आंखों पर अटक गई थी सुकन्या की आंखें।

विवेक घर पर नहीं थे। बाहर बारिश हो रही थी। असंभव मूसलाधार बारिश। घर का नौकर बाहर कुछ सामान लेने गया था मगर बारिश के चलते अभी तक लौट नहीं था। सुकन्या ने एक टॉवल आगे बढ़ा दिया। आप पूरी तरह भीग चुके हैं। थोड़ा पोंछ लीजिए। पहली बरसात। यह अच्छा है। काश ऐसी ही होती रहे। आपको बुखार हो जाएगा। मुझ पर गुस्सा करेंगे। बल्कि उल्टी बात होगी मैं तुमसे पहले मिलन के दिन मूसलाधार बारिश हुई थी और उस बरसात ने मुझे पूरा भीग दिया था। बुखार होने से अच्छा है। जीवन की यह बात सुकन्या को अच्छी लगी। सुकन्या के घर के बाहर वाले कमरे के खिड़की के पास बैठा था। बाहर बादल गरज रहे थे। पवन बह रही थी और झरोखों से होकर ठंडी मेघ युक्त हवा के साथ बारिश की छिटें भी पड़ रही थी। वे दोनों चुपचाप बारिश की आवाज सुन रहे थे। कुछ समय बाद सुकन्या ने पूछा - चाय बनाऊं क्या?

बल्कि तुम यहां बैठो जब जरूरत होगी तब मैं बोलूंगा।

पत्र लिखने के ढंग से पता चलता था, दूसरों की तरह से घुमा - फिरा कर बातें करने की आदत नहीं थी जीवन की। एकदम सरल, सीधे-सीधे। कोई आवरण नहीं। जो बात कहनी है, सीधे कह जाते थे। कुछ समय पश्चात जीवन ने कहा - ऐसे मौसम में तुम्हारा क्या मन होता है सुकन्या ? मेरी तो बारिश में भीगने की इच्छा होती है। रास्ते में घूम घूम कर और कुछ करने का मन नहीं होता।

यह प्रश्न सुनकर सुकन्या ने जीवन की तरफ अजीब निगाहों से देखा। जीवन की आंखों में एक अलग सम्मोहित कर देने वाली निगाहें थी। वह उसकी आंखों को देखते रही। तुम किसी से प्रेम करती थी ?

'नाठ'

अभी ?

'ना'

बाहर गेट खुलने की आवाज होने से सुकन्या उठकर खिड़की के पास आई। पास ही जीवन बैठे हुए थे। झरोखों से बाहर की ओर देखा सुकन्या ने। जीवन खड़े हो गए। सुकन्या थोड़ा हट गई। ठीक उसी समय पृथ्वी को कंपाते हुए और आलोकित करते हुए वज्रपात हुआ। जीवन ने खिड़की में लगे पर्दों को आधा हटा दिया। उसके हाथ सुकन्या के कंधे पर थे। उसके स्पर्श में पता नहीं क्या बात थी ? मोमबत्ती की तरह वह पिघलने लगी। तत्पश्चात एक चुंबन उसके माथे पर जड़ दिया जीवन ने। यह घटना इतने अप्रत्याशित रूप से घटित हुई कि वह स्तब्ध चकित रह गई। इससे पहले कि वह कुछ कहे जीवन उतरकर भीगते-भीगते रास्ते पर चल दिए।

खिड़की के पास रेलिंग को पड़कर खड़ी रही सुकन्या। ऐसा लगा जैसे रेलिंग से हाथ हटा देने पर वह गिर पड़ेगी। कुछ क्षणों के लिए जीवन गाड़ी के दरवाजे के पास खड़े रहे। थोड़ी देर उसे देख कर हंस दिए और हाथ हिलाते हुए वहां से चल दिए।

सुकन्या वैसे ही खड़ी रही, देर तक, बहुत देर तक, उसके पति विवेक के आने तक। उसने कहा जीवन बाबू आए थे। और भी जो बातें हुई सभी बातें सीधे-सीधे बता दी। सच में पति के साथ संसार में आगे बढ़ जाने के बाद भी एक विवाहित नारी प्रेम कर बैठी। प्रेम में पड़ गई, आज से २० वर्ष पहले। और २० सालों से दोनों ने परस्पर को इतना प्रेम किया की जान पड़ता है शायद ही ऐसी कोई दूसरी घटना हो पृथ्वी पर।

कभी कोई शांत नहीं पड़ा। कभी एक दूसरे को गलत नहीं समझा। अप्रीतिकर स्थिति भी उत्पन्न नहीं हुई कभी। भाग्य ने दोनों के लिए सदा अनुकूल परिस्थितियों ही पैदा की है। किसी के परिवार से विरोध का तूफान नहीं उठा। ना पवन बही, ना अंधकार ने घेरा। इसे भाग्य ना कहें तो और क्या कहें ?

ऐ ! कहां गुम हो गई ? जीवन ने पूछा। सुकन्या साड़ी पकड़कर उठ खड़ी हुई। पहनने के लिए उठते - उठते कहा तुम्हारे साथ प्रथम मिलन के दिन को याद कर रही थी जीवन। उस दिन तुम जैसी लग रही थी। आज भी ठीक वैसी ही हो देह मन और आत्मा से। और भी उष्म और सुंदर हो गई हो। सच में एक बात बोलूं -अगर तुम नहीं मिलती तो मेरा जीवन कैसे व्यतीत होता। यह सोचकर भी डर लगता है। विवेक तो अजब मनुष्य है। इसलिए शायद ईश्वर ने तुम्हें मुझे दे दिया। सच बोलूं तुम्हारे साथ-साथ और भी असंख्य नारियां मेरे जीवन में आई। मगर धीरे-धीरे सभी के पत्ते गुम हो गए। एक अकेली तुम ही रह गई, श्रेष्ठ नारी बनकर। अपना प्रेम दान कर तुमने मुझे धन्य किया है। पूर्ण किया है। तो सभी समय तुम ही तुम हो।

सुकन्या ने साड़ी पहनी। ट्रेन का समय निकट आ रहा था। जीवन उठकर सुकन्या के पास खड़े हो गए। ठदेखो मुझे बिल्कुल परेशान नहीं करना। मुझे साड़ी पहनने दो। ठ ठतुम्हारा क्या असुविधा किया ? मैं तो केवल खड़ा हुआ हूं। यदि अपने हाथ तुम्हारे शरीर में कहीं लगा भी दिया तो तुम्हारा क्या चला जाएगा ? यह देह तो मेरा है। संपूर्ण भाव से मेरा। इसमें से थोड़ा भी किसी और का नहीं समझ रही हो तो ? मैं मार डालूंगा। यहां तक विवेक को भी। ठ सुकन्या के गले के निचले भाग में जीवन अपने होंठ घीस रहे थे। वह पीछे घूम कर साड़ी की तहे सजा रही थी। उसे उसने पकड़ रखा था। और बिच बिच में उसे स्पर्श कर रहे थे।

'सुनो साड़ी खोलकर रख दो। सिर्फ २ मिनट के लिये।'

'क्या करोगे मैं भी तो सुनु।'

'क्या करोगे मैं भी तो सुनु।'

खोलकर देखूंगा दो मिनट न सही केवल एक मिनट। बाद में मैं तुम्हें साड़ी पहना दूंगा।

सुकन्या ने घूमकर जीवन को देखा। इस आदमी को वह जानती है ?

तुम मुझे रहने नहीं दोगे। तुम मुझसे इतना प्रेम क्यों करते हो जीवन ? देखना एक दिन तुम्हारे इस प्रेम के लहरों में मैं डूब कर मर जाऊंगी। साड़ी खुलकर फेंका

जाता है और अंतर्वास घटित होता है। जीवन में साड़ी खोलने तक का धैर्य न होता था। सुकन्या खड़ी रही। उसके समग्र शरीर को अपने दोनों हाथों से उठाकर बिस्तर पर सुला दिया। और बड़े प्यार से कहा -सही में मैं तुम्हारे प्रति कृतज्ञ हूं। .जब जैसा चाहा तब वैसा ही पाया। जब - जब तुमको खोजा,जब - जब तुमको चाहा, तब -तब बिना किसी प्रश्न के तुम सामने उपस्थित थी। कभी प्रतिवाद भी नहीं किया। तुम्हारे मुंह से कभी न शब्द नहीं निकला। तुमने मुझे बांध रखा है सुकन्या। मैं तुमको कैसे बताऊं ? तुमको छोड़कर जीने की बात तो मैं सोच भी नहीं सकता सुकन्या।

प्रेम दान में, देहदान में, संख्या दान में, तुम अनन्य हो सुकन्या।

प्रेम से जीवन ने सुकन्या को सहलाया, प्रेम किया और खड़ा कर साड़ी पहना दिया।

रहने दो। मैं स्वयं पहन लूंगी। यह काम तुम मुझे ही करने दो।

विवेक लौट आए। सामान सब सही से रखा है या नहीं देखा और स्टेशन के लिए तैयार हो गए। कुछ समय बाद स्टेशन को गए। मद्रास में सेकंड ए सी। एक यात्री ही और था इनके अलावा। जीवन ने ऐसी हरकतें की कि वह दूसरे बोगी में अपने एक परिचित के पास चला गया। बढ़िया हुआ साला शांति से बैठा भी नहीं जाता। सब बर्बाद हो जाता। सुकन्या मन ही मन हंसी और जीवन की बुद्धि को सराहा। ट्रेन से यात्रा करना उसे अच्छा लगता है। जीवन भी यात्रा का आनंद उठाता है। उन लोगों ने बातचीत की बैठे, सोए और खाना खाया।

ट्रेन की खिड़की से पेड़ पौधों को देखा। आसमान में डूबते सूर्य को और तारों से भरे आकाश को देखते रहे। जीवन के गोद पर सर रखकर सुकन्या सोई थी। कभी सुकन्या की गोद में जीवन सोता था। कितनी ही अंतहीन बातें, कितने ही मौन समय, कितने ही निःशब्द समय में शब्द के खेल।

बीच में किसी ने दरवाजा खटखटाया। विवेक ने दरवाजा खोला। सामने टिकट कलेक्टर थे। उसके बाद अपनी रातें और समय का नशीला स्पर्श।

रात बीत गया। किंतु प्रेम का अंत नहीं हुआ। आश्चर्य की बात नहीं है। क्या २० वर्षों तक यह कैसे आबाध गति से चल रहा था। भोर भोर में मद्रास स्टेशन पर पहुंचे।

होटल दास प्रकाश में कमरे बुक थे। दो दिन वहां रहकर कांचीपुरम के लिए रवाना। वहां पर ३ जुलाई का दिन बिताएंगे।

जीवन ने कहा - यहां नहीं आकर गंगटोक या और कहीं जाने से अच्छा होता। यहां तो गर्मी से जल रहा है। बरसात ही नहीं। धूप ही धूप। मुझे वही बरसात चाहिए। ३ जुलाई को बारिश होनी चाहिए। सुबह से कांचीपुरम देव दर्शन को गए। कामाख्या मंदिर, विष्णु मंदिर, शिव मंदिर, में युग्म भाव से पूजा अर्चना की लौटते समय साड़ी दुकान से सुकन्या के लिए अपनी पसंद की एक साड़ी खरीदी।

सबसे बड़ी बात यह हुई कि हमेशा सुकन्या को पार्वती रूप में ग्रहण करने वाले जीवन सोच रहे थे कि एक बार सुकन्या के सरस्वती रूप में दर्शन हो जाते। कामाख्या मंदिर में पहुंचते समय वहां आरती चल रही थी। मंदिर का नियम था पुरुष केवल अधोवस्त्र पहनकर ही मंदिर में प्रवेश पाएंगे। जीवन ने अपनी शर्ट खोलकर मंदिर के चबूतरे पर रख दी। ।

सुकन्या और जीवन एक साथ मंदिर के सामने बैठ गए। जिससे देवी दर्शन अच्छे से हो जाएं। दोनों ने मन ही मन में प्रार्थना की। बहार विभिन्न प्रकार के वाद्य यंत्र बज रहे थे। पुजारी वस्त्र बदलकर विभिन्न प्रस्तुति में लगे हुए थे। सामने एक काले रंग का पर्दा पड़ा हुआ था। उसी समय कोई एक विराट वीणा पड़कर अंदर प्रवेश किया और पर्दे को हटाकर देवी के स्थान पर अदृश्य हो गया। मंदिर में विश्राम पड़ने पर कुछ दिखाई नहीं देता था। जीवन अपने दोनों हाथ जोड़कर बैठ गए थे। सुकन्या भी प्रतीक्षा कर रही थी कब यह प्रतीक्षा की घड़ियां खत्म होगी। अचानक पर्दा खुला यह क्या देवी के हाथ में वीणा।

३ जुलाई दिन मंगलवार के दिन देवी पार्वती को देवी सरस्वती के रूप में साज श्रृंगार किया जाता था।

जीवन सुकन्या को देखकर हल्के से मुस्कुराये। आह ! ये जीवन धन्य हो गया। आज साक्षात् देवी सरस्वती के दर्शन हो गए। अब सुकन्या को बोध हुआ की पार्वती सरस्वती और शिव की प्रिया है। वाद्य यंत्र बज रहे थे। सुकन्या ने सरस्वती जी की वंदना गायी। प्रार्थना किया। जीवन की लेखनी और अधिक सुदृढ़ हो, जल्दी हो और पाठको के श्रद्धा भाजन हो।

हे भगवति, हे कामाख्या, हे सरस्वती, मेरे प्रेम पाने का मूल्य यही है कि मैं यह प्रार्थना कर रही हूं। सुकन्या ने माथा टेककर प्रणाम किया और कृतज्ञ हुई कि जीवन की आशाएं पूर्ण हुई है। जीवन सुखी मन से लौटे। आज दिन में सरस्वती जी के दर्शन हुए हैं। कांचीपुरम के आसमान में टुकड़ों में बंटे बादल थे। बादलों के बीच

त्रयोदशी का चांद दिखाई दे रहा था। ७:३० को वे दोनों पहुंचे होटल हेरिटेज। एक साथ बैठकर चाय पिया। स्नान किया। नये वस्त्र धारण किए। एक दूसरे को देखा। .सुकन्या ने प्रणाम किया। एक साथ उच्चारण किया - अवशिष्ट जीवन एकांत अनुगत भाव से प्रेम से बिताएंगे। रात कम पड़ गई। मगर बातें खत्म नहीं हुई। सुबह दोनों ने एक दूसरे को आलिंगन किया। जीवन सुकन्या के कानों में कह रहा था २० वर्षों के बाद भी तुम जरा भी नहीं बदली सुकन्या। बल्कि प्रेम के रंग में रंग कर और भी सुंदर हो गई हो। तुम्हारा मैं धन्यवाद करता हूं सुकन्या।

उनके हाथ में एक दिन और था। ५ तारीख को लौटाने की बात हुई थी। कब इतने दिन निकल गए। पता ही नहीं चला। पुन: लौटने की बारी। जीवन उनके परिवार के पास लौट जाएंगे। सुकन्या भी अपने संसार में लौट जाएगी। अत: जितना समय वे लोग पाते उतने समय का सदुपयोग बड़े चमत्कारिक ढंग से करते और खुश होते। लौटते समय जीवन ने कहा - कितना जल्दी समय व्यतीत हो गया ? मुझे तो लगा जैसे अभी ही तो मिले थे। तुम और दो दिन रुक जाओ ना सुकन्या प्लीज। टिकट पहले से हो चुकी थी। लौटने की बात पक्की हो चुकी थी। सुकन्या ने हंस कर कहा और जो भी रह गया उसे अगले बार के लिए बाकी रखो। पुणे ट्रेन से यात्रा की कुछ अविस्मरणीय यादें। जीवन विशाखापट्टनम में उतर गया। सुकन्या और विवेक ने पैर छूकर विदा लिया। जीवन ऐसा ही महसूस होता है। ऐसी ही मधुरता लिए बीत जाता है अति सुंदर चमत्कार और वैभवपूर्ण। सुकन्या ने ईश्वर को प्रणाम किया। हे भगवान ! तुमने मुझे इतना दिया है कि मैं तुम्हारे प्रति आभार किन शब्दों में व्यक्त करूं ?

| छ: |

सुकन्या जैसे ही विजय रेजिडेंसी में पहुंची। वहां क्या देखती है जीवन उसकी प्रतीक्षा में बैठा हुआ है। उनको देखकर सुकन्या को ऐसा लगा जैसे वह जन्म-जन्मांतर से उसकी प्रतीक्षा कर रहा है।

विमल बाबू की बेटी की शादी थी। खाने की सही व्यवस्था नहीं थी। आजकल बाहर का खाना खाने से जीवन की तबीयत खराब हो जाती थी। पानी से इंफेक्शन होता था। शाम को जब महफिल जमी तब उनके चेहरे में रौनक दिखाई नहीं दी थी। एक झटका सा लगा और सुकन्या का मन टूट सा गया। पूरे दो दिन और दो रातें जीवन की कष्ट में बीती। मलद्वार के समस्त स्नायु शिथिल हो चुके थे। प्रबल यंत्रणा से वह स्थिर हो रहे थे। आसपास की दो शक्ति केंद्र जैसे आपस में प्रतिस्पर्धा कर रहे थे।

सर्वप्रथम उन्होंने एक अद्भुत यंत्रणा महसूस की। मनुष्य के दुख कष्ट की सीमा नहीं है। तब भी मनुष्य पृथ्वी में रहकर सुख भोगता है। दुख से दुखित होता है। मेरुदंड तड़क उठता था।

अप्राप्ति जनित दुख से, निष्फल चेष्टा उसे समाप्त कर रही थी। अप्राप्ति से बहुत दुख मिलता है।

इसलिये मनुष्य कभी सही काम नहीं कर पाता।

बारिश हो रही थी। परिवेश सूना सूना लग रहा था। पास ही नदी किनारे मेंढक टर्रा रहे थे। साथ ही विभिन्न प्रकार के जलचर भी अजीब अजीब आवाजें निकाल रहे थे। खिड़की का रेलिंग पड़कर जीवन ने कहा - 'सच में जैसे धान के खेतों की पहरेदारी करने के लिए ही मेरा जन्म हुआ है।'

तुम तो मेरे सबर हो। उत्तम सबर, पागल सबर, भले ही खेत की रखवाली करने को आए हो।

सही में जीवन खेत की रखवाली ही करने को आए थे।

अनेक असुविधाओं के बावजूद मानसिक अशांति के साथ ही वे दोनों ने ठीक ७:३० बजे पूजा आरंभ कर दी।

१०:३० बजे पूजा समाप्त हुई। अद्भुत अनुभव के अंदर बंध के रह गए। सुकन्या भी पृथ्वी को छोड़कर बारंबार महा शून्य में उसकी काया मिली जा रही थी। शिव का अनुभव पाते समय जीवन का मन कर रहा था, जैसे वह स्वयं कालिदास थे। शिव को पाने हेतु कालिदास ही विद्युत्तमा प्रतीत होते थे। प्राप्ति - अप्राप्ति के बीच समय आगे बढ़ चला। यहां पर सुकन्या ने एक अजब अनुभव प्राप्त किया। अद्भुत जैसे उसने मरकर पुनः जन्म पाया हो। और इसके मध्य (जन्म और मृत्यु)उसने एक अनूठा अनुभव पाया था। उस अनूठे अनुभव को व्यक्त करने के लिए उसके पास शब्द नहीं थे। पहले कभी उसने ऐसा अनुभव नहीं किया था। एक बार का अनुभव अनन्य था। अलग ही प्रकार की उष्मता थी शरीर और मन दोनों में। दोनों ने जगत जननी मां दुर्गा का आवाह्न किया। पूजा करने के भीतर ही शिव, पार्वती, सरस्वती, कालिदास, विद्युत्तमा का पृथ्वी पर अवतरण हो रहा था। उस सुख, उस आनंद के संपर्क में लिखने हेतु शब्द पर्याप्त नहीं थे। या यह कहा जाए ऐसे शब्द ही निर्मित नहीं हुए थे। शून्य से उतरते शब्दों को सुकन्या पकड़कर रख नहीं पाई। उन्होंने सुकन्या के अंतर मन को अनुरणित कर अपने साए में ही कहीं गुम हो गए। शिव की सत्ता और पार्वती की सत्ता के अनुपम मिश्रण में यह सभी घटनाएं संगठित हुई। उन्होंने केवल उस घटनावली के घटित होते तक ही प्रतीक्षा की। केवल प्रतीक्षा... कभी खत्म न होने वाली प्रतीक्षा।

२१ तारीख संध्या ६:०० बजे पहुंचने की बात हुई थी। ट्रेन २ घंटे ३० मिनट विलंब थी। विशाखापटनम के छोड़ते - छोड़ते बारिश होने लगी। पता नहीं क्यों सुकन्या को लगा इस बार की बारिश अनन्य है। कालिदास को वर्षा ऋतु से बहुत लगाव था। प्रियतम के पास होने पर वर्षा ऋतु और भी प्रियकर लगने लगती है। वह नहीं होने से बारिश की बूंदे अंगारों की भांति प्रतीत होती है। जो देह और मन दोनों को जला देती है। उस दहन की अनुभूति भी अनन्य होती है। जिसे मनुष्य सहन करता है। जैसे पानी में भी आग लग गई हो।

सोते-सोते कितनी ही बातें उसको याद आई। कितने ही वर्ष मन के अंदर आए और चले गए।

यह सब सोचना अच्छा लगता है। अच्छा लगता है ना ? तुमको यह सब सोचना खूब अच्छा लगता है मैं जानता हूं।

'मुझे भी'

तुमको याद करने मात्र से मैं तुम्हें अपने समक्ष पाता हूं। यही मेरा सौभाग्य है। बाहर बारिश और अंदर तुम और हम दोनों स्पर्श सुख में मगन।

सुकन्या सोच रही थी प्रतीक्षा की घड़ि यां समाप्त होने को है। वह धीरे-धीरे जीवन के करीब जाती जा रही थी। और कुछ ही क्षणों में वह जीवन को देखेगी। वह स्टेशन की भीड़ में खड़े होंगे और अलग से चमक रहे होंगे। लाखों की भीड़ के बीच में भी सुकन्या की आंखें उन्हें आसानी से खोज लेती। उस समय वह मानसिक रूप से तैयार हो जाती थी। और उसका पूरा शरीर प्रफुल्लित हो उठता था। व्याकुल होकर मन उन्हें ही खोजता था। और पहले झलक से ही महसूस होता आज भी पहले जैसा जैसे पहली बार था। उसकी आंखें लाज से नीचे हो जाती थी। उन्हें देखने मात्र से ही उसका चेहरा लाज से सूर्ख लाल हो जाता था। उन्हें देखने की तीव्र इच्छा होने पर भी वह अपना सर नहीं उठा पाती थी। वह इधर-उधर की बातों से बात आरंभ करती। 'अच्छे से पहुंचे तो ?' 'रास्ते में क्या खाया' वगैरह वगैरह। मगर साधारण बातों से भी उसका मन धरती छोड़कर और कहीं पहुंच जाता था। बारंबार शरीर रोमांचित हो उठता था। देह, मन और आत्मा सिहर उठते थे। वह स्वयं पर नियंत्रण नहीं रख पाती थी। बारिश हो रही थी।

उन्होंने कहा जब भी आई, बारिश साथ लेकर आई। वर्षा तो मैं हूं। उसके बाद घर।

वे पहले से सब तैयार रखते थे। सुकन्या धीरे-धीरे नहा लेती थी। नाश्ते के बाद परिवेश थोड़ा परिवर्तित हो जाता था। तुम्हें स्पर्श करने की बहुत इच्छा होती है। ठीक ९ :०० पूजा आरंभ करने की बात थी। पूजा घर के कपाट खोल सुकन्या ने अंदर प्रवेश किया। साड़ी पहनकर पूजा की तैयारी की धूप, दीप, फूलों से सारा घर महकने लगा। जीवन ने संकल्प किया।

बाया हाथ बढ़ाकर उसे गोद में बिठाकर मंत्र उच्चारित किया। उसका शरीर झंकृत हो उठा। ऐसा महसूस हुआ जैसे यह तुम्हारा प्रथम स्पर्श हो। ऐसा क्यों लगता है हमेशा ? जैसे यही प्रथम स्पर्श है। एक साथ दोनों ने प्रणाम किया।

कालिदास सुकन्या के सामने खड़े थे। साक्षात शिव उसके सामने दंडवत थे

वह विद्योत्तमा हो गई। फिर पार्वती, फिर सुकन्या, फिर सरोजा के रास्ते होते हुए कभी माँ, कभी पुत्री।

जीवन का आदर भी अनन्य है। उनका स्पर्श भी असामान्य है। उनको अपने समीप पाना ही अच्छा लगता है। इतना प्रेम कहां छिपा रखा है। इतना आदर, इतना संभाषण, कहां से बरसते हैं? पिघलाकर वह उसमें ही समाहित हो जाते हैं। यह कैसा तो लगता है मुझे? पानी में पानी बनकर मिल जाते थे। कोई अलग सत्ता बनकर नहीं।

शरीर को मनुष्य इतना प्रेम क्यों करता है? क्योंकि इसके अंदर ही सब कुछ है। स्वर्ग, नरक, उन्नति, अधोगति सब। यही मंदिर है, यही पुण्य है, यही पाप है, दुख है, शोक है, सब कुछ यही है। जीवन ऐसा ही है - छल छल, उच्छल,प्राणवान, अनन्य।

इस बार का उसका अनुभव सबसे अलग था। प्रत्येक बार अलग-अलग लगता। अधिक लगता। ऐसा लगता है जैसे ऐसी प्राप्ति तो उन्हें कभी नहीं हुई थी। ऐसे तो कभी एक दूसरे में खोये नहीं थे। परस्पर देने लेने में कभी इतनी सुखी ना हुए थे। मगर इस बार क्या? किस प्रकार का आनंद ?आनंद को पड़कर रखा नहीं जा सकता। ना ही वह खत्म ही होता है।

२२, २३, २४ तीन - तीन दिन क्रमवार से वे लोग पूजा आरंभ करते थे। ठीक ६:००और इस पूजा की समाप्ति होती ठीक ९:०० बजे त २६ तारीख दिन को ११:०० बजे हम कलपक्कम को निकले। प्राय २ घंटे का रास्ता था। दोनों आपस में सट कर बैठे थे। चुपचाप रास्ता, रास्ते के दोनों ओर दूर तक विस्तारित खेत, पेड़, गांव और घर। महाबलीपुरम के रास्ते से पांडिचेरी के रास्ते में कुछ दूर जाने के बाद उसने पूछा - और कितनी दूर?

क्यों बोर हो गई ना पहले की तरह?

ओहो ! यह बात फिर मत दोहराओ। बैठी हूं तो बैठी ही हूं। रास्ता समाप्त होने का नाम ही नहीं लेता था।

मैं नहीं था ना?

मेरे साथ खत्म न होने वाले रास्ते में तुम्हारा जाने का मन नहीं होता क्या?

यदि सारा जीवन कहो तब भी पर्याप्त न होगा। हमारे शास्त्रों के अनुसार मनुष्य यदि सात जन्मों तक पृथ्वी पर आता है। तो मैं सातों जन्म आऊंगी और तुम्हारे साथ इन खत्म न होने वाले रास्तों में साथ चलूंगी।

तो फिर बोर किस लिए हुई ?

दूसरे लोग भी जो थे तुम्हारे और मेरे अलावा। कोई और भी हमारे साथ हो। यह बात यह बात मुझे पसंद नहीं। इस बार रास्ते की दूरी कम है। कुछ ही समय में मैं तुम्हें अपने समीप पाऊंगा।

'भाग'

सच में कम दूर।

पास में ही समुद्र दिखाई दिया। समुद्र की गंभीर गर्जन सुनाई दे रही थी। विशाल समुद्र अनन्य दिखाई दे रहा था। रास्ते के एक तरफ विस्तृत समुद्र फैला हुआ था। वे लोग मुख्य रास्ते से उतरकर फार्म हाउस की ओर आ गए। लगभग ४५ एकड़ में फार्म मालिक ने नारियल, अमरुद, चीकू, आम आदि लगा रखा था। दो मंजिला सुंदर घर था। नारियल के बगीचे के बीचो-बीच। सामने ही नीम का पेड़ था।

ए सुंदरी ! तुम्हें बगीचा घुमाऊंगा। स्वर्ग दिखलाऊंगा। वर्षा होकर बंद हो चुकी थी कलपक्कम में मौसम सुहाना था। मेघ और धूप के खेल के बीच उन्होंने पूरा घर घूम कर देखा। हरे नारियल तोड़कर लाएं गए। जीवन को नारियल पानी पीना था। और दूसरे लोग गप्पे मार रहे थे। सुकन्या छत पर चली गई बाहर का दृश्य देखने। छत बड़ा सुंदर था। छत को छुती हुई थी नीम के पेड़ की शाखाएं - प्रशाखाएं। पत्तों से भरी घनी शाखाएं भी चारों ओर। छत पर बहुत अच्छा लग रहा था। बगीचे की ओर जाने पर देखा आम के पेड़ पर बौर आए हुए थे। दक्षिण दिशा से दक्षिण पवन बह रही थी। वे लोग सही में दक्षिण दिशा की ओर ही खड़े हुए थे। अभी बसंत नहीं आया था। केवल बौर ही आई थी पेड़ पर। सुकन्या ने कहा देखो बौर आ गया है आम पेड़ पर। वृक्ष कितना सुंदर दिखाई दे रहा है।

'उस तरफ क्यों देखूँ ? तुम ही तो हो मेरी बौर, मेरी आम पेड़।'

गाय बंधी हुई घास खा रही थी। हमने पेड़ से तोड़कर अमरुद खाया। फार्म हाउस का मालिक हमें घूम घूम कर बगीचा दिखा रहा था। दोनों घूम कर वापस आ गए। नीचे बैठकर गपशप करते समय जीवन चारों ओर निरीक्षण कर रहे थे - कि कहां क्या है ? दोनों ही नारियल पानी पीने के बाद उसकी मलाई जरूर खाते ? खाते-खाते परस्पर को देख रहे थे। सुकन्या ने कहा - नीम पेड़ पर मधुमक्खी ने छत्ता बनाया है। खूब बड़ा छत्ता। देखोगे कहां है ? 'मगर तुम्हारा तो एक छत्ता है। नीम पेड़ का मधु छत्ता देखने कि मुझे क्या जरूरत ?'

'मेरी बात कौन समझेगा ?'

'हां हां चलो। मधुमक्खी का छत्ता दिखाओगी नीम पेड़ पर। दिखाओगी बोल रही थी।'

सुकन्या ने बड़े आग्रह से सीढ़ियों से छत पर गई। छत के ऊपर नीम पेड़ की शाखाएं हटाकर उसने मधुमक्खी का छत्ता दिखाया। यह देखो कितना बड़ा मधुमक्खियां का छत्ता। अरे सही में तो नीम पेड़ का मधुरस बहुत मीठा होता है। साथ ही बहुत उपकारी भी होता है। नीम कड़वा और मधुरस मीठा देखो कैसा संयोग है ?

'तू मीठा मैं कड़वा अपूर्व संयोग है।'

चुप ! तुम मीठे मैं कड़वा।

दिखाओ थोड़ा चखू पता तो पता चले। तुम मीठे हो या कड़वे।

चलो नीचे जाएंगे और यहां नहीं रहूंगी।

'मैं तुम्हें बढ़िया चीज दिखाऊंगा। तुमने मुझे मधुमक्खी का छत्ता दिखाया, मैं तुम्हें उससे भी अच्छी चीज दिखाऊंगा। जीवन छत के पास सीढ़ी घर के तरफ के रास्ते के पीछे घूम गए।'

पीछे नारियल का बगीचा था । उस तरफ क्या है ? सुकन्या ने तो नहीं देखा था। उत्सुकता के साथ उसने उनका अनुसरण किया। सीढी घर के पीछे तरफ छत के दूसरी तरफ एकांत निरवता। बहुत दूर तक केवल नारियल पेड़ के समूह। अचानक उन्होंने उंगलियों से इशारा करते हुए कहा -देख रही हो क्या ? ऊपर देखने से ना देखोगी। सुकन्या आग्रह से देखते समय जीवन ने उसे गले लगा लिया। उसके होंठ सिल चुके थे उनके होठों से। सुकन्या पानी होकर बह जाएगी क्या ? गिर पड़ेगी क्या ? वह दीवार का सहारा लेकर खड़ी हो गई। दीवार के साथ जीवन ने उसे घेर कर पकड़ लिया। उसके गले के नीचे, आंख, गाल, छाती के ऊपरी अंश को, मधुमक्खी की तरह डंक मारते जा रहे थे। 'तुम तो बहुत मीठी हो मधुरस से भी अधिक। 'बादल के एक टुकड़े ने सूर्य को ढाक दिया।'

'चलो नीचे जायेंगे।'

नीचे मधुमक्खी का छत्ता दिखाओगी तो ? देखो तुम जरा सभ्यता से रहो। अभद्र कहीं के। अरे शिव कब भद्र थे ? देखो तो सर्वत्र लिंग रूप में विराजमान है। कितने ही स्थान पर लोग शिव की पूजा करते हैं।

खाना खूब अच्छा था। सीधा और साधारण। घर के अंदर खूब खुला खुला

था। कमरों में बड़ी-बड़ी खिड़कियां बनी थी। एक ओर नारियल बगीचा एक तरफ बड़ी सी बालकनी। दूसरी तरफ दरवाजा। दरवाजा के ठीक सामने बिस्तर लगा था। आज नीचे सोएंगे। आसपास खोलकर सोएंगे। गर्मी के दिनों जैसे दिन। उच्छन्न मन दह दह जल रहा था।

देखो साड़ी मत खोलो। इतना प्रकाश मैं सह नहीं पाऊंगी।

आंखें बंद कर लो अंधेरा छा जाएगा।

तुम्हारे जितना नहीं। तुम्हारी बातें ही मुझे गर्म करती हैं। नष्ट भ्रष्ट कर दो। मैं मोमबत्ती की तरह की तरह पिघल जाऊं। मेरे पास दूसरा कोई चारा ही न रहे। तुम्हारी उत्सुकता ही मुझे पिघला देती है। मैं पानी होकर बह जाऊंगी। तुम्हारा स्नेह मुझे नि:स्व कर देता है। मैं भिखारी की तरह अपूर्ण पात्र लिए, तुम्हारे पीछे-पीछे घूमता फिरता हूं। तुम मुझे इतना दो कि मैं परिपूर्ण हो खुशी से उछल पडूं, महकता फिरू, गिर जाऊं, बरस पडूं। ५:०० बजे लौटने की तैयारी। कलपक्कम के आकाश में सूर्य अस्त हो गया। समुद्र और समुद्र जैसा आसमान। अपूर्व लालिमा से आकाश झिलमिल उठा। और झिलमिलाते जीवन का मुंह अपूर्व प्रशांति से।

दोनों पास पास आकर बैठ गए। गांव के रास्ते से प्रमुख रास्ते को गाड़ी उठकर आते तक सुकन्या भी चमक उठी। यह क्या किस प्रकार का इंद्रजाल? रास्ते के दोनों और किसी ने जला दिए थे लाखों दीप। रास्ता लंबा होता जा रहा था। जमीन से आकाश तक नीचे दीपों का प्रकाश ऊपर तारों का प्रकाश। असंख्य दीप जल रहे थे। उसे ऐसा प्रतीत हुआ जैसे शिवरात्रि में जलते लाखों दीपों के बीच स्वयं शिव उतर आए हैं। उस रास्ते का जो दृश्य था कहना संभव नहींहै। वह केवल अनुभव की बात है। सुकन्या चुपचाप बैठी हुई शून्य में तैर रही थी। विमुग्ध हो गई थी। रोमांचित हो रही थी। और सुख का अनुभव करते हुए शिव के छाती से लगकर बैठी थी। जीवन भी धन्य हो रहे थे। रात भर स्वप्न लोक में टहलती रही। भोर में एक हल्का स्पर्श मात्र और समापन। २६ तारीख की सुबह आकाश में बादल थे। उन बादलों के साथ मेरा मन भी बादल होकर उड़ चला था। बारिश ने अपनी फुहारों से अग्नि बुझाई और पुन: वाष्प बन लौट गया। आकाश के विशाल सीने पर।

। सात ।

सुबह टेलीफोन की घंटी बजी।

'आ गए'

'ठंडे होकर या कंबल लेकर ?'

'दोनों।'

'ठीक है आओ। मैं गर्म हूं। हाथ से सेंक दूंगी।

देह और मन दोनों गर्म हो जाएंगे।'

'दोपहर को आऊंगा।'

'ठीक है आओ। और जितनी भी गर्मी बाकी रही वह शाम के लिए।'

'ठीक है।'

'पूजा अनन्य प्रतीत होता है। खासकर यहां की पूजा।'

यहां सब आपका है। आपके जैसा ही है। घर, बिस्तर, ठाकुर, सभी।

शाम को खिड़की से चांद झांकेगा। सुकन्या चंद्र किरणों से नहा उठी। टेबल के ऊपर चांद। चांदनी की साड़ी और गहने पहन उसके ऊपर सोई थी एक लावण्यमयी नारी। एक तरफ चांद ऊपर की ओर शिव और मध्य में पार्वती।

दृश्य कुछ ऐसा ही था। जमीन से लगभग ५० मीटर ऊपर एक घर, पूजा घर।

उस घर के खिड़की के पास पड़ा था एक टेबल। टेबल के ऊपर सोने से सर पूर्व दिशा में रहता था। पूर्व दिशा में आकाश में पूर्णिमा होता है। दो दिन पहले का चांद आसमान के माथे पर था। उदित होता चंद्र। नारी के पैरों तले एक पुरुष, जो शिव है। काम-वासना से जीवन आरंभ होता है। एक अनन्य मुद्रा में। एक अपूर्व स्टाइल में। चांदनी छिटक कर पड़ी है संपूर्ण आकाश पर, सारे घर पर, पूरे मन और संपूर्ण संसार पर।

ऐ चांद !देखो पार्वती कैसे मेरे कंठ से लगी हुई है। शिव की जटाओं में छिपने की जगह नहीं मिली चांद को, तो वह सफेद बादलों के पीछे छिप कर बैठा है। पूरी रात, पूरी रात कम पड़ गई। जब थोड़ी-थोड़ी ठंडक महसूस हुई तब भोर हो चुकी थी। अब की बार शिव सुख निद्रा हेतु कैलाश को गए। पार्वती ने शिव को व्याध्र चर्म से ढक दिया। २ तारीख की रात्रि थी असाधारण। ३ तारीख की रात साधारण थी। हवाओं में थोड़ी ठंडक थी। २ तारीख की रात इतनी संपदा मिली कि ३ तारीख की रात ने मन को उतना छुआ नहीं। किंतु इस समय के प्रवास में अत्यंत आनंद प्राप्त हुआ।

उसको क्या यह एहसास नहीं कि वह एक चमत्कारिक जीवन व्यतीत कर रही है। नश्वर शरीर से ज्यादा अजर अमर आत्मा से अंतरंग थे दोनों। ऐसा जान पड़ता था ऐसा एक समय आएगा जब शरीर का उत्ताप कम हो जाएगा। ट्रेन ने रात्रि १०:०० बजे भुवनेश्वर स्टेशन छोड़ दिया। पता नहीं क्यों इस बार घर छोड़कर जाना सुकन्या को बिल्कुल अच्छा नहीं लग रहा था। ४:०० बजे का वार्तालाप उसे इतनी अच्छी नहीं लगी। एकदम साधारण सी लगी। जैसे मन मर गया हो। शाम होते-होते एक अजीब चिड़चिड़ापन उस पर हावी हो गया। और भुवनेश्वर छोड़ने छोड़ने तक वह चिड़चिड़ापन उसे पर हावी रहा। स्टेशन में अकेले-अकेले बैठे रहना उसे उदास कर गया। ट्रेन आधे घंटे विलंब से पहुंची और चल पड़ी अपनी सुविधा के अनुसार सीट पर बिस्तर लगा खा पीकर वह सो गई। मगर आंखों में नींद कहां ? आंखों के सामने साल दर साल उतर आए। कितनी ही बातों ने मन पर दस्तक दी। हल्के -हल्के छांव जैसे अतीत की कितनी ही बातें आयी और गयी। सोचते - सोचते कभी उसकी आंखें लग जाती तो कभी नींद से उठ पड़ती। आधी रात नींद में और आधी जागते हुए कटी। मन खुशियों से भर गया और मात्र १२ घंटे बाद उनसे मुलाकात होगी। इक दिन के ११:०० ट्रेन विजयवाड़ा स्टेशन पर खड़ी थी। बहुत देर तक वहीं खड़ी रही। एक घंटा दो घंटा तीन घंटा। बाद में पता चला कोई दुर्घटना हो गई है। विजयवाड़ा से यह ८ घंटे का रास्ता कब कटेगा। कौन बताएगा ? बहुत व्याकुल सा लगा। फोन किया जाए। समाचार मिला वहां से लौट आओ समय अच्छा नहीं है। संध्या ४:०० बजे से रात्रि १०:०० तक यह समय और उसकी मानसिक अवस्था की बात ना कहीं जाए तो अच्छा। उसके मन का उत्साह मुरझा गया। लंबे समय तक स्टेशन पर बैठे-बैठे कितनी ही बातें उसके मन में आई। वह क्या समय था। हाथों से एक वस्तु के चले

जाने पर जो अवस्था होती है। उसने स्वयं को कोसा। क्यों इतनी अशांत मन से घर से वह निकली। रात १०:०० बजे चलते ट्रेन पर चढ़ता, उसे बहुत खराब लगा। वह क्या इतनी खराब है, जो वह दंड पाना था? उसे ऐसा प्रतीत होता जैसे उसकी तरफ से कुछ भूल हो गई हो। यदि ऐसा नहीं है, तो यह हुआ ही क्यों? क्यों उसकी इच्छाएं पूरी नहीं हुई? उसकी अयोग्यताओं ने उसे धिक्कारा। वह कितना रोई, कितना सोची, कितना दुखी हुई, इस बात का वर्णन नहीं किया जा सकता। लौट आई। उसकी आत्मा में कुछ भर सा गया। कष्ट पाया बस।

सोमवार ११ / १ तारीख को फिर निकल आएगी। मंगलवार रात १०:३० में लौटकर बुधवार १२:३० बजे घर पहुंच गई।

ईश्वर करे आने वाले दिन खुशियों की सौगात लाए। अधिक स्नेह मिले और मन में आई जिन चीजों की इच्छाएं हैं, हाथ के पहुंच में हो। वह ऐसे ही रहे और स्नेह पात्र बनी रहे। ऐसे ही रोम - रोम में समाती रहे। तप्त होकर समग्र देह में व्याप्त हो जाए। शरीर पर चढ़े ज्वर की तरह चढ़ती रहे उतरती रहे। तथापि उसे जकड़ रखा था, दोनों बाहों से। वह जैसी है वैसी ही बनी रहे सुकन्या सोचती रही।

वह ऐसे ही रहती है बारिश की तरह, बसंत की किशोर बाताशों जैसी, नीम पेड़ की मधुमक्खी के छत्ते की तरह।

वह मीठे गीत की सुरों जैसी, हवा की हल्की छुअन जैसी, फूल की खुशबू की तरह, उसे स्पर्श करें, उसे महकाये और उसे ऐसे ही स्नेह करती रहे।

वह मन ही मन कहती रही मुझे कहीं पर एक कुटिया बना दो, उसके अंदर मिट्टी की वेदी, वेदी के ऊपर तुम और पास में मैं, तुमसे सब कुछ बांटते हुए। कुटिया के चारों तरफ सरसों की क्यारियां हो, पीले -पीले फूल फूलें हो। उसके एक तरफ हो छोटा सा एक तालाब। तालाब के किनारे नारियल के पेड़। नारियल के पत्तों पर बैठकर झूला झूलता चांद हो। नीचे के परछाईयों के अंधेरे - उजाले में वह तुम्हारे साथ महकती रहे। ऐसा सपना मुझे दो। इतना तो दिए और थोड़ा दे दो जीवन। मैं यहां मरी जा रही हूं, बिना सांसों के।

उसे याद पड़ा -अनेक वर्षों पूर्व किसी एक मठ में आधा बना हुआ घर था। जिसके टूटे-फूटे छत से गिरती चांदनी में उसने उसे पाया था। उसने मन ही मन कहा-

'अब तुम मुझे अपने सीने पर झुका लो और चुंबन दो मेरे दोनों अधरों के बीच में। इस वर्ष का अंतिम चुंबन। मैंने भी तुमको दिया एक नहीं असंख्य लो।'

जीवन आएगा करके तुम यहीं रुक गई। अनेक दिनों से उदास था। पता नहीं क्यों तन -मन दोनों उदास थे। खुलकर सामने नहीं आ पा रहा था। लौट आने के बाद से ही इस प्रकार की उदासीनता लगी रही। ऐसा लगता था फिर दोनों की मुलाकात नहीं हो पाएगी। वह परस्पर को स्पर्श नहीं कर पाएंगे। ईश्वर की इच्छा क्या है। कौन जानता है ? उनका संदेश आया मैं पूरी जा रहा हूं। लौटने में देर होगी। प्रतीक्षा करते रहना। प्रतीक्षा कर रही थी। रात १ २:० ० वह आए अपनी उदासीनता से वह उभर नहीं पाए थे। पूजा सामग्री सजा दी गई। वे पूजा करने बैठे। बहुत समय तक हमने परस्पर को स्पर्श किया और प्रेम अगन में जले। उनकी उदासी फट पड़ी। लौट आने का उनका छोभ। उनका अभियान पिघल कर बह गया। रात ३:० ० बजे तक उनका समझना -बुझाना लगा रहा और सुबह चाय पीकर एक और अनुभूति के साथ लौट पड़े।

७ तारीख का दिन जीवन ने स्वयं पर खर्च किया। ८ तारीख को वह आए। इतने दिनों पश्चात आरंभ किया योनि पूजा। कितने आदर, संभाषण और अंतरंगता के अंदर १ २:० ० पूजा खत्म हुई। पूरी और सब्जी खाकर १ २:० ० बजे उन्होंने विदाई ली। ९ / ३ तारीख को पूरी से लौटे रात बारह बजे। ठीक १ २:३ ० बजे को पूजा थी। पहली बार रात्रि व्यापी पूजा जारी रही। २ २ वर्षों में जो कभी संभव नहीं हो सका था। वह हमने पहली बार अनुभव किया। सारी रात पूजा में ही अंदर कट गई। सही में क्या यह संभव है ? इस पृथ्वी पर यही हमारे भीतर। वह रात छंदमय थी। रात भी चुपके-चुपके बातें कर रही थी। वह अपना अनुभव बांट रहे थे। बहुत खुश थे, संतुष्ट थे। इतना अपनापन कहीं है तो वह है केवल रति दान में। किसने दिया, किसने कितना दिया, सब समान हो गया। यह भी एक जादूई अनुभव था।

। आठ ।

वह १०:३० में पहुंचे। अच्छे लग रहे थे। प्रत्येक बार वह नए से लगते। अलग-अलग से दिखते। देखते ही सुकन्या कांप उठती। सिहरन सी होती। सब कुछ ताल -बेताल हो जाता। हाथ से चीजें पकड़ी नहीं जाती। सब कुछ भूल -भाल हो जाता। नशा करने जैसी उसकी अवस्था हो जाती। प्रेम करना एक अच्छा नशा है। और उसी गोली के नशे में वह आज को २३ - २४ वर्षों से चल रही है।

'सब सजा कर रखा है?' उन्होंने कहा

'हां।'

सब कुछ? तुमको? स्वयं को?

सुकन्या हंसी। ११:०० बजे प्रस्तुति आरंभ हो गई। उनकी मां का स्वास्थ्य ठीक नहीं था। वहां सब ठीक-ठाक है। समाचार पाने के बाद यहां पूजा आरंभ हुई। यहां तक पूजा के लिए पहले से ही अगली बार का स्थान पक्का कर दिया गया था। घड़ी ने १२:३० बजाया था। दोनों मिले। कैसे मातृत्व भावना से परिपूर्ण चार दिन जगमग दिखाई दे रहा था, जैसे मां की भावना।

बाहर कुत्ता भोंक रहा था। बीच-बीच में पक्षी कलरव कर उठते थे। जीवन ने कहा - आकाश से देवी देवता, पृथ्वी पर भूत- प्रेत, बेताल, सभी अभी देख रहे हैं। इसलिए पशु पक्षी उनकी उपस्थिति जानकर भोंक रहे हैं। चहचहा रहे हैं। इस तरह की रति थी महान रति। यह केवल उनके द्वारा ही संभव थी। दोनों बारंबार कहीं गायब हो जाते थे। और पुन: लौट आते थे। बाहर से रोशनी झर रही थी। पृथ्वी पर समस्त सजगता फैल गई थी। रात्रि बातें कर रही थी। अचानक सुकन्या की आंखें खुल गई। वह क्या सपना देख रही थी। जीवन के सर पर जटाएं दिखी। उस पर तृतीया के जगमग हो रहे चांद को सांप लपेटे हुए था। यह कैसी हरी रोशनी। तुम्हारा शरीर तेजमय दिखाई देता है। शुरुआत में वह डर सी गई। बाद में रोमांचित हो उठी।

वह थकने लगी। प्रत्येक कोशिकाएं उद्दीप्त हो उठे। देखते-देखते दोनों मिल गए। उसके बाद ऐसा लगा जैसे सम्मोहन में हो।

एक ज्योतिर्मय लिंग ने उसके संपूर्ण सत्ता को काबू कर लिया है। और उसका अस्तित्व देखते ही देखते समाप्त हो गया। भोर ३:०० बजे तक आवेश में ही कट गया। जीवन पहले ऐसा नहीं थे। सही में ऐसे नहीं थे। सुकन्या को ऐसा लग रहा था जैसे जीवन बदल गए हैं संपूर्ण रूप से।

वे सोचते थे -सुकन्या खुश होती है। आनंद प्राप्त करती है। उसको अच्छा लगे, खूब अच्छा लगे। सुकन्या सोच रही थी -उसको प्राप्त कर वह खुशी हो, खूब आनंदित हो। स्वयं को लूटाने का भी एक अलग प्रकार का आनंद होता है। रहता है ना ? क्या सच में वह उनकी शक्ति थी ? असंभव नारी थी वह। रति में विमुग्ध नारी। क्या केवल नारी है ? इस सम्मान और प्रेम के घेरे में प्रेम दान में, रति दान में, सुबह हो जाती थी। जीवन लौट जा रहा था। सुकन्या की इच्छा होती पूरे दिन उन्हें अपने गोद में रखकर सुलाने को। पास - पास रहने के लिए। अलग होने का दुख अत्यधिक होता है। १४ / ३ की रात १० बज कर ३० मिनट को वे आए। साथ में उनके मित्र भी थे।

प्रथम दिन की अपेक्षा तृतीय दिन खूब अच्छा लगा। लगता है ११ बजे पूजा आरंभ होकर रात ३ बजे तक जारी रही। उन्होंने उसे अनेक बातें कहीं। अनेक बातें जैसे पूर्व जन्म में योगी रहे हो।

सुकन्या सोच रही थी यह जन्म उसका आखिरी जन्म हो। वह चाहती थी उसके सारे पुण्य, समग्र प्रेम देकर भी यदि उनका मोक्ष मिल जाता तो। इतने अच्छे पुरुष के लिए यह पृथ्वी उपयुक्त नहीं। रात बीत गया रति दान में।

सुबह की प्रार्थना।

'ऐ !थोड़ा पानी देना जरा।'

'पानी पियूंगा नहीं, तुम्हें पिलाऊंगा। थोड़ा और।'

सुकन्या ने अनुरोध किया।

प्रकाश में एक दिव्य पुरुष और एक शबरी। मैं शबरी। मैं शबरी कान्हूपा की डोमी। सुबह भी मेरी मुट्ठी से निकल गया। वह फिर से चले गए। सुकन्या फिर से अकेले बिरह अग्नि में जलने लगी। सही में क्या सुकन्या अकेले जल रही थी। नहीं बिल्कुल नहीं उसकी छाती के अंदर एवं रक्त वाहिनी में जीवन रक्त बनकर मिल

गए हैं। वह सदा सर्वदा के लिए उसके अंदर विद्यमान है। वह यह बात जानती है। जानती है, इसलिए तो अच्छे से रहती है। जीवन ने संदेश दिया - यह मैंने तुम्हारे शहर से अपने पांव उठाये।

सुकन्या ने कहा - 'हां'

फिर कब। पता नहीं ?

वापस आना प्रतीक्षा में रहूंगी।

निजाम ने फोन किया। हैदराबाद के निजाम मेहंदी निजाम का फोन था। सुन रही हो इस समय हैदराबाद में ग्रीष्मकाल बिताना स्वार्थ वश है। मत आइये। तुम्हें याद है - कमरा नंबर १ २ की बात। स्नानागार की बात -वर्षा ? ठवहां खूब गर्मी होगी। दूसरी ठंडी जगह खोजने से कितना अच्छा लगता। तुम तो स्वयं गरम और गरम की आवश्यकता है।'

'अरे आओ।'

ठीक है जो निजाम की आज्ञा।

आरंभ हो गया था प्रस्तुति पर्व। स्टेशन में गाड़ी से उतरते समय हैदराबाद में अग्नि वर्षा हो रही थी। मनोज बाबू प्रतीक्षारत थे उनके मित्र रूप कुमार के साथ। कार लेकर सुकन्या होटल ताजमहल को गई।

दोपहर १ बजे निजाम ना थे।

सुकन्या की बहुत इच्छा थी, निजाम साहब से मिलने की। उनसे अनेक टॉपिक पर बातें हुई होती। निजाम साहब अच्छे मित्र थे। खुलकर बातें करते थे। हंसी मजाक के भीतर ही कब समय बीत जाता था, पता ही नहीं चलता था। किंतु निजाम नहीं थे।

कमरा नंबर १ १ उनकी प्रतीक्षा कर रहा था। वस्त्र -आभूषण रखे हुए थे। मगर महाराज ना थे। पहुंचने के बाद गर्म पानी में पूर्ण स्नान किया। काम खत्म होने पर दरवाजा खुला। चारों ओर सुगंध फैल गई और हैदराबाद के आकाश में शीतलता छा गई। वह आए। तुम आ गए, आहा ! यह आना भी कितना ऐश्वर्य भरा है। कितना मादकता भरा। अनंत युगों के प्रतिक्षा के बाद जैसे परस्पर मिल रहे हो। एक साथ खाना खाया। साधारण बातचीत अपने आने के बारे में, सुविधा असुविधा के बारे में। उसके बाद तुमने बुलाया -आ। किधर केलि सदन में।

अब यह क्या है ?

'काम किड़ा का घर। आसपास में ही एक बड़ा दर्पण है। वहां पर खड़े होने पर तुम संपूर्ण रूप से स्वयं को देख सकती हो। देख रही हो ना? जाओ, एक बार देख लो। उस दर्पण में एक अद्भुत शक्ति है। जिसके अंदर जो है, वही उस दर्पण में दिखाई देता है। मन के अंदर का भी स्पष्ट दिखेगा।'

केवल खराब बातें। मुझे थकान लगी है। सोऊंगी, उठकर दर्पण देखूंगी।

अच्छी बात है। वहां पर भी एक पलंग है। जाओ सोना, अच्छा लगेगा। ठंडी लगेगी।

'अच्छा' सुकन्या तकिया और ओढने के लिए चादर पड़कर आगे के कमरे में चल दी।

मेरे लिए क्या लाई हो?

तुमने जो भी कहा था सब कुछ।

'मैंने कहा नहीं था, ये चीजें लाने।'

'लाई हूं तो।'

'अभी तो अभी, इसी वक्त।'

मैंने उनकी ओर देखा तो उन्होंने आंख मार दी। जैसे एक ही नजर में सुकन्या उन्हें मिल गई हो। उसका शरीर कांप उठा। नि:श्वास प्रस्वास तेज हो गया था। बड़ी मुश्किल से उसने अपने पैर उठाये। और एक बार पास के कमरे में जाकर बिस्तर में लेट गई। जीवन पीछे-पीछे आए। पास में बैठे। माथे को सराहा। चेहरे पर हाथ घुमा कर प्यार किया। खूब प्यार किया।

धीरे से पुकारा - सुन रही हो?

सुकन्या ने कुछ नहीं कहा आंखें बंद करके वैसे ही पड़ी रही।

आंखें खोली तो उसके अधरों के पास उनके अधर थे।

कहा- 'थोड़ा मधुरस दो। ठइस बार मधुरस नहीं जहर है।'

'वह भी चलेगा। उसे पीकर नीलकंठ बन जाऊंगा। दो ना।'

होठों से आरंभ हुआ तत्पश्चात उनचास पवन बहने लगी। उसने खोज तुम्हें, तुम्हारे सत्कार को।

उसके बाद उसके बाद बारिश होगी। और पृथ्वी पर शीतलता छा जाएगी।

'कष्ट होता है।'

'हां'

'कभी कहा नहीं तो।'

कौन सी बात ? यह कष्ट होने की बात। वह क्या कष्ट है ? दर्द मीठा-मीठा दर्द।

अनेक ढंग से, अनेक बाग में जीवन को अनुभव करते-करते समय बीत गया।

जीवन उदास दिखाई देते थे। बहुत दुखी। बहुत विरही भी।

'फिर कब।'

'पता नहीं।'

फिर एक दिन फोन बज उठेगा। वह कहेगा -ठआओगी ?ठ

'कहां पर।'

'नर्क में।'

'हां।'

इस बार बहुत अच्छा लगा। खूब ऊर्जावान लगी। तुम्हें अच्छा लगा ?

'हां'

'कितना'

'बहुत, तुम्हारी तरह'

'अच्छा बताओ मेरा क्या अच्छा लगा'

'नखरे करना लाड़ करना लाड़ करवाना और वह'

वह -मतलब क्या ?

'चुप'

'क्यों शर्म आ रही है ? बोलो ना। थोड़ा सा बोल दो।'

'शैतान कहीं के भागों यहां से।'

'सच में क्या-क्या अच्छा लगता है ?'

'हां -तुम, तुम्हारा स्पर्श, चुंबन और काम।'

'फिर कब मिलोगे'

'जब तुम याद करोगे'

'आओ मैं दक्षिण से उत्तर की ओर तुम सब भी आओ ना।'

'कब ?'

'यही २८ मार्च को।'

'सच में ? मजाक नहीं कर रहे हो ना ?'

'बिल्कुल नहीं।'

हमेशा तुम्हारा साथ पाने को मन करता है। तुम्हारे अंदर घुस कर रहने को मन आकूल होता है। आओ ! मेरी सोना ! यही से टिकट करूं तुम्हारा।

'हां, हां'

फिर से उत्सुक हो उठा सुकन्या का समग्र संसार। प्रस्तुति आरंभ हो गया।

पहले मौसमी बारिश मुझे भीगाने आयी।

सही में जीवन जिस शहर गया है वहां भोर में पहुंचने पर बारिश हो शुरू हो गई। मन खुश होता था। बाप रे !दिल्ली में जो गर्मी थी। बारिश होने पर मौसम अच्छा हुआ। ठंडा ठंडा मौसम। सोने के लिए उत्तम। सीधा-सीधा जीवन के पास ना जाकर अन्यत्र कहीं गई, जैसा निर्देश था। ७:०० बजे फोन किया 'क्या कर रही हो ?देखने का मन हो रहा है अभी। आओ।'

'कैसे आऊंगी ?'

उन लोगों को शीध्र ही भेज दो। वे लोग आने से यहां से गाड़ी ले जाएंगे। तुम दिन ९:३० तक यहां से जाकर ६:०० तक यहां आ पाओगी।

वही हुआ भी। लेकिन उनके साथ मेरी मुलाकात शाम ७:०० बजे के पूर्व तक नहीं हो पाई। शायद वह गुस्सा हो। सुकन्या डर से कांपने लगी। मुलाकात हुई खाने के मेज पर। इधर-उधर की बातें हुई। सुकन्या थोड़ा खाकर बैठी रही। उन्होंने थोड़ा सा मुस्कुराते हुए कहा - और थोड़ा सा खाईये। अभी इतना ही काफी है। इसके बाद उन्होंने सबसे नज़रें चुराकर मेरी तरफ ऐसी नजरों से देखा,लगा कि जैसे बेहोश हो जाऊंगी। जीवन अपने कमरे में लौट गए। सुकन्या अपनी दुनिया में लौट आई। इससे बचने का और रास्ता ही कहां है ? दोनों इस पार और उस पार। सुकन्या को अनुभव हो रहा था कि वह अपेक्षा में है। व्याकुल हो रहे होंगे। घड़ी देख रहे होंगे। उठ - बैठ कर रहे होंगे। और इधर से उधर चल रहे होंगे। फिर बैठ गये होंगे। लगातार दरवाजे पर निगाहें होंगी। पद चाप सुनते की कोशिश कर रहे होंगे। अधीर हो उठे होंगे। खोज रहे होंगे। आ जाओ जल्दी आ जाओ। अकेले-अकेले अच्छा नहीं लग रहा।

उसका संसार इधर बंधा हुआ था। सुकन्या उसके बाहर नहीं आ पा रही थी। रात्रि ११:०० बजे उसने दरवाजा खोला। धीरे से खूब धीरे से उसने दरवाजे पर हाथ

रखा। उन्होंने दरवाजे को खोलकर पकड़ा और उसे हाथ बढ़ाकर जकड़ लिया। सुकन्या ने पूजा की सामग्री सजा ली। दीपक जलाया। धूप और अगरबत्ती के सुगंध से घर महक उठा। अभिमंत्रित जल से जीवन ने उसे पवित्र किया।

मंत्र उच्चारण के साथ पूजा आरंभ किया। बहुत बेबस लग रहा था। पता नहीं क्यों ? वह एकाग्र नहीं हो पा रही थी। बारंबार उसकी समर्पण की एकाग्रता भंग हो रही थी। वह खुले रूप से संपूर्ण समर्पण नहीं कर पा रही थी। दोनों एक साथ महामृत्युंजय मंत्र का जाप कर रहे थे। उसके साथ ' अग्निस्तय ' मंत्र भी। पता नहीं कैसे जीवन ने इसी मंत्र को आत्मसात कर लिया था। रात १ बजे तक मंत्र उच्चारण के अंदर ही मिलन चलता रहा। लेकिन वह उसमें रम नहीं पाई। जैसे कहीं पर कुछ घटित हो रहा है। मन के भीतर आत्मा में। १:३० बजे जब दरवाजा खुला तो उसका संसार सामने खड़ा था। पहली बार सामना किया।

बेटा सामने खड़ा था। एक प्रश्न वाचक चिन्ह की तरह ? दुख मिला, टुकड़े-टुकड़े हो गए, छाती फट गया, असंख्य वर्षा ऋतु के वर्षा पानी के साथ उसके आंसू मिले जा रहे थे। ग्रीष्म ऋतु के ताप में वह जली जा रही थी। उसके अंदर एक साधारण नदी प्रकट हो रही थी। यद्यपि वह साधारण नहीं थी। जिस रास्ते में वह २० सालों से चलती आई थी उस रास्ते से इंच भर भी हटने का उसका मन नहीं कर रहा था। सुबह तक बैठ कर रही। नष्ट होती रही। छत विच्छत होती रही। रक्त झरने लगा। आंसू पीकर पड़ी रही।

सुबह दर्शन होने पर उसने रात की बात बताई। मथुरा वृंदावन जाने की बात हुई थी। आसपास के कुछ स्थानों के दर्शन की बात भी पक्की हुई। १०:०० बजे जीवन निकल गए। सुकन्या भी निकल गई। रात्रि १०:०० बजे मिलना है। वह रिक्त होती जाती, उसका मन टूट रहा था। और कुछ अच्छा नहीं लग रहा था।

आकाश में बादल थे, मन में नहीं। दोनों ने फिर से रात्रि ११:०० से सुबह ४:०० बजे तक पूजा में बिताया। जीवन उसे बाथरूम में ले गए और नहला दिया। कपड़े पहनाकर अपने पास ही बिठा दिया। तत्पश्चात ५:०० तक ध्यान। कहां कहां वह जाती थी ? गुम हो जाती थी ? फिर स्वयं अपने को खोज कर पा जाती थी। सुबह ६:०० बजे पृथ्वी पर वापस उतर पडते थे। संपूर्ण रात्रि वह स्वयं में नहीं थी।

जादूई रात थी। अद्वितीय, असाधारण। इस तरह की रात्रि नहीं देखी थी। इतनी विभोरता उसे कभी नहीं मिली थी। असंख्य रातें दोनों ने मिलकर बिताई थी।

परंतु समग्र रात्रि में ऐसी रात कभी बीती नहीं थी। वह किस प्रकार सारी रात को बांधकर रखता था। पता नहीं? लेन-देन के खेल में दो जिस्म मगर एक जान होने में इतनी मादकता होती है? इतनी परिपूर्णता होती है? दे देना, ले लेना, किसने दिया, किसने दिया, देने वाले ने कितना दिया, कि लेने वाला खुशी से उछल पड़ा, अंत तक पता नहीं चला। इस खेल में कौन देने वाला है? और कौन लेने वाला! दोनों समान हो गए। दोनों ही समान रूप से दाता और ग्राही है।

वाह रे! जीवन, कितने रंग से ना रंगा तुमने। यह क्या था, उसका पागलपन?

वह क्या एक द्वारबंध होती जा रही है? जान पड़ता है। हां। और लौटने की उसकी इच्छा नहीं। वह तो रक्त होकर मिल गई है अपने प्रीतम के रंगो में बहते रक्त से। वहां से मुक्ति पाना असंभव है। यह पागलपन ही उसकी नियति है। इसका मतलब उसने लिया है।

दूसरा दिन साधारण बीता।

कितनी ही बातें, कितने ही दुख और कितने ही भोग में दिन बीत गए। दोपहर ३:०० बजे जीवन के जाने की तैयारी। इस विरह-विच्छेद में बड़ा कष्ट होता है। वो चला गया, सारे सुख लेकर। मैं अकेली। फिर से लौटना, फिर वही दुख, वही प्रतीक्षा। पता नहीं, फिर कब बोले - आ जाओ। तुम्हारी याद आ रही है। इस एक वाक्य की प्रतीक्षा है।

सारी मधुशाला पी आया

एक पल में सदियाँ जी आया

वह रविवार का दिन था। जीवन को गए बहुत समय बीत चुके थे। कुछ भी अच्छा नहीं लगता था। कहीं पर मन नहीं लग रहा था। कहीं पर भी नहीं। ना पढ़ाई में, ना जप तप में, ना ध्यान, कहीं पर भी नहीं। ऐसा लगता था, जैसे और कि चीज की आवश्यकता ही नहीं। अंदर तो हमेशा जप-तप का एक मंत्र छाया रहता है। बाहर के पर्व का क्या करूं? सुबह आंखें खोलो तो जीवन। सारा दिन सभी चीजों में जीवन। रात की नींदों में वही, स्वप्न में वही, नींद और जागरण दोनों में वह ही वह। सर्वत्र व्याप्त।

अभी-अभी एक अद्भुत घटना घटित हुई। शाम होने होने को है। वह आंखें बंद कर बैठी थी। टेप रिकॉर्डर पर बज रहा था ताल चलचित्र का गाना। और एक गीत खत्म होने पर उसके पसंदीदा गीत बजा। जो उनका बहुत पसंदीदा गीत था।

उसके मन में आया - काश ! जीवन पास में होते, तो एक साथ यह गीत सुनते। हर समय मन तुम्हें ही पाने की क्यों सोचता है ? तभी उसका पसंदीदा गीत बज उठा, साथ ही फोन भी। बस वही है। यही पास, मेरे छाती के भीतर, आत्मा में, मेरी समग्र सत्ता में। सारा शरीर सिहर गया।

आहा ! यह कैसा सुख है ? कैसी प्राप्ति है ? इसको क्या नाम दिया जाए ? अपूर्व अनुभव अपूर्व प्रेम !!!

वह क्यों उससे इतना प्रेम करते हैं ? आखिर क्यों ? वह क्या सही में उनके योग्य है ? उनके पद के लिए, उनके रथ के लिए, ईश्वर जाने।

फोन में कहा -क्या रखूं ?

'तू रह बस इतना ही। बहुत से चुंबनों के साथ तुम और सिर्फ तुम मेरी शबरी। मेरी रतिक्रिड़ा की योगिनी।'

'और कुछ ?'

'रात्रि और रति।'

'अच्छा।'

अभी-अभी बरमपुर आया और ३ घंटे के रास्ते के बाद तुम।

'आओ -आओ प्रतीक्षा में हूं। इस बार तैयार हो ना ?'

हमेशा।

मैं मेरे पहुंच जाने पर फोन करना। तुम सब आना। नहीं तो मैं आऊंगा।

नहीं -नहीं तुम मत आना। यहां पर मैंने सब कुछ सजा रखा है।

अच्छा।

यह देखो ९:०० बज गए। कब आओगे ? रात को क्या खाओगे ?

यहां बहुत लोग हैं। फुर्सत में फोन करता हूं।

खाने के लिए क्या बनाऊं ?

क्या खाऊंगा ? वह तुमको पता है।

उसके साथ और भी कुछ ?

हां, मधुरस और...

और मत बोलो लोग सुन लेंगे।

विवेक को भेज दो। जितने जल्दी उसे बाहर भेजोगी उतने जल्दी ही मुझे पाओगी। अच्छा यह अभी निकल ही रहे हैं। २० मिनट उसके बाद जीवन आए। हां

वह आ गए, बारिश बनकर। बाहर बूंदाबांदी हो रही थी। उसका तन -मन भी भींग गया। पहले ही पूजा के लिए प्रस्तुति हो चुकी थी। नहा धोकर वे प्रस्तुत हो गए। मिट्टी रंग के धोती मे और उज्जवल, और अच्छे लग रहे थे। ठीक ११:०० पूजा आरंभ हुई। उसके बाद रति क्रीड़ा।

याद है, विनी गेस्ट हाउस की वो रातें? सुबह ठीक ४:३० में रतिक्रिया खत्म हुई थी। ततपश्चात हमने साथ में स्नान किया था। यहां भी हम ठीक ४:०० बजे रतिक्रिया समाप्त कर स्नान करेंगे। आधे घंटे ध्यान कर, फिर प्रार्थना, उसके बाद फिर से सामान्य जीवन।

तुम जानते हो समग्र रात्रि रतिक्रीडा के बाद हमारे भीतर क्या रखा होता है? एक अपूर्व शक्ति स्रोत से तुम भर जाते हो। जीवन पूरे दिन काम। फिर आए दोपहर २:०० बजे। उस समय में खाने ही बैठी थी, तुम आए और मैं तुम्हें बाध्य किया सोने जाने के लिए।

रात को ठीक ७:०० बजे पूजा, जप ध्यान और धारणा। रति क्रीड़ा का अंतिम पर्याय सामान्य था। खूब गर्मी हो रही थी। मन को इतना स्पर्श नहीं किया। कारण मैं जानती थी तुम मुझसे संतुष्ट नहीं थे। इसलिए मैं कभी अपने बारे में या अपने परिवार के बारे में नहीं कहती। अशांत होकर, थोड़ा सा खाकर तुम चले गए। और अगले दिन अन्यत्र कहीं रहे। फोन में इधर-उधर की बातें हुई २५ तारीख शाम को आएंगे। मैंने तुम्हारे स्नान इत्यादि की व्यवस्था की। पूजा पूर्व तुमने मुझे इधर-उधर की कुछ बातें पूछी। सुकन्या क्या केवल एक साधारण नारी है? सुकन्या क्या गुस्से, अभियान और ईर्ष्या से आगे नहीं बढी है? जैसी थी, वैसी ही है। क्या फायदा हुआ? जिसने चरम आनंद को अपनी हाथ की मुट्ठी में पाया है। वह इस साधारण स्तर के बात को कैसे इतना महत्व देकर विचार कर सकता है?

हां, यह तो सच्ची बात है।

हां, यह साधारण तो नहीं। तब इन सब बातों को लेकर उसे इतनी परेशान होने की क्या आवश्यकता? वह जिस स्तर तक पहुंच चुकी है। वहां से उतर आना संभव नहीं। तब वह उतरी ही क्यों? वह समझ पाई और अपने गर्म आंसुओं से नहा लिया। कुछ समय बीत गया।

वह चुपचाप बैठी रही। सुकन्या ने क्षमा मांगी। उसे भूल हो गई है अनुभव किया। २५ तारीख की रात्रि थी। जीवन की अनन्य रात्रि। २० -२२ वर्षों में यह

अनुभव न हुआ था। चमत्कार दोनों सारी रात रति क्रिया में मगन रहे। वह क्या रति था ? नहीं। इस पृथ्वी में यह संभव नहीं है। मनुष्य के लिए क्या यह संभव है कि हम पृथ्वी की सीमा लग अन्य एक जगत में विचरण करने लगे ? वहां पर कमनीय आलोक था, वहां सुगंध थी, विचित्र शब्दों का अनुरणन था,अद्भुत, अपूर्व, समय का बिल्कुल भी ज्ञान नहीं था। उस दिव्य अनुभव में घंटे पर घंटे बीते जा रहे थे। सुबह हो गई मगर उनकी विभोरता समाप्त नहीं हुई।

प्रेम में इतना पागल ना होने से यह दान करने में, मुक्त न होने से, क्या कोई ऐसा कर सकता है ? केवल वही कर पाते हैं। केवल जीवन ही। जीवन ७:०० बजे विदा लेकर चले गए। शहर छोड़ने के पूर्व उनके स्वर कंठ के साथ सुगंधित पवन चली। समय बड़े अच्छे से बीत गया। इस समय बहुत अच्छे से तुमने सब कुछ समर्पित कर मुझे पूर्णता प्रदान की। वह इतना भी जमीन पर नहीं उतर आया था। उसने वहां से भी कहा -अभी भी मैं हूं। तुम्हारे प्रतीक्षा में। .आओ, लो अपूर्व भाव से मुझे उपभोग करो। मैं तुम्हारी हूं केवल तुम्हारी !!!

। द्वितीय भाग ।

। एक ।

कहीं दूर एक चांद
डाल रहा अदृश्य कामना किरण
वृक्षों ने वस्त्र खोल
उनकी स्थित सत्ता से जन्म दिया
चलायमान प्राण
रेत के पहाड़ भले
कोई नहीं, कहीं नहीं,
लाज तो मनुष्य ने गढ़ा
चला जाता है पाते ही आदि अनुभूति
वहां पर पाया तुम्हें
इतना सुख रेत के लिखे नाम से
कौन देगा यह
प्रथम देह धारण कर भी
सभी आकाश में उड़ते फिरते
अब सब याद आते हैं
ज्ञान का घर खड़ा हो गया
चलाया उसे धीरे-धीरे
सहारा ले भीतर दीवारों का
आ आ
मंत्र उच्चारित कर

मानव का मानव से मिलन से बढ़कर
और कुछ नहीं इस जग में।

कल रात्रि भी सुकन्या की नींद टूटी। नींद टूटी आधी रात को। वही एक सपना। फिर से बार-बार अनेक बार वही एक जैसे स्वप्न देखा। उसकी नींद टूट गई है। वह है, परंतु जीवन नहीं है। बिस्तर पर अकेली टूटे सपने को लेकर छटपटा रही है।

एक गांव है। गांव के पीछे पहाड़ है। कोहरे से आच्छादित। शांत और वृक्षों से भरा। घने नारियल और पाइन के धीर-गंभीर जंगल। गांव और पहाड़ के बीच एक अकेला घर। चारों तरफ दूर-दूर तक फैले धान के खेत, चारों ओर हरियाली ही हरियाली, पास से ही समुद्र के लहरों के गीत सुनाई दे रही थी। पवन चलने से पाइन और नारियल के पत्तो के सुमधुर गान सुनाई दे रहे थे। घर था मिट्टी से लिपा-पोता हुआ सुंदर आदिवासियों जैसा घर। खिड़की नहीं थी, केवल एक छत थी। बांस के पत्तों से बनी नई-नई छानी। अंदर ठंडक थी। उसी घर में हम ठहरे थे। घर के ठीक बीचो-बीच जल रहा था एक दीपक। लगता है पोलांग या अरंडी का तेल भरा गया था। नीचे घास का बिछौना था, नरम और गद्देदार। उसके ऊपर थे नाना प्रकार के फूल। उ न फूलों से प्राकृतिक सुगंध आ रही थी। चंदन की सुगंध, धूप की मंद मंद सुगंध। उसने मिट्टी रंग की छोटी साड़ी पहनी थी। बिल्कुल छोटी आठ हाथ के गमछे जैसी। घुटने के नीचे तक की। छाती के ऊपर के अंग भी वही आठ हाथ के साड़ी से ही ढके हुए थे। ना के बराबर। वह कुछ अलग-अलग सी दिखाई दे रही थी। जैसे कोई और ही हो। चेहरा चिकना, श्यामल वर्णी, गोल-गोल मगर साधारण।

और जीवन ? जान पड़ता है उन्होंने धोती पहनी थी। कंधे पर चौड़ी उत्तरीय। वे ध्यान मग्न होकर बैठे थे। रह-रह कर मंत्रोच्चारण कर रहे थे। चेहरे पर पसीने की कुछ बंदे थी। हल्की धूमिल रोशनी में सारा शरीर चकाचक दिखाई दे रहा था। सुंदर, खूब सुंदर दिखाई दे रहा था तुम्हारा चेहरा। घर का भीतर एक अपूर्व आभा से परिपूर्ण लग रहा था। उसकी आंखों में युगों से ना सोए होने वाली हल्की नींद थी। ऐसा प्रतीत होता था जैसे वह अभी सो जाएगी। आंखें भारी-भारी लग रही थी। मदहोश हो जाने वाली अवस्था थी। उसकी कानों में रुक-रुक कर सुनाई दे रहे थे, जीवन जीवन के मंत्र उच्चारण। उसका शरीर उसके ही वश में नहीं था वह उँघने लगी।

जब सुकन्या की नींद टूटी, तब उन्होंने उसे अपने बाहुपाश में जोर से जकड़ा

हुआ था। दोनों खुले आसमान तले थे। लगता था उसे अपने बाहों में उठाकर जीवन बाहर लाये थे। मालूम नहीं किस तिथि का चांद आसमान पर चक चक कर चमक रहा था। और चांद से बहुत दूर झील मिला रहे थे नक्षत्र। वृक्ष ध्यान मग्न ऋषियों के जैसे खड़े हुए थे। कुछ पेड़ पवन के साथ झूम-झूम कर एक दूसरे के कानों में खुसुर फुसुर कर रहे थे। क्या बात कर रहे थे ? पत्तों के बीच की फाकों से आती रोशनी की छिंटे उन पर पड रही थी। शांत सुंदर परिवेश था। कोई कोलाहल नहीं था। केवल एक संगीतमय में निरवता चहूंदिश छाई हुई थी। दूर से आती वाद्य यंत्र की आवाज जैसी। प्राचीन संगीत के अमृत जैसे कानों में बज रही थी। रात में खिले फूलों की महक, चांद की चांदनी की चहक से भाव विभोर प्रकृति। नीचे धरती ऊपर आकाश बीच में चमचम करता परिवेश। वृक्ष की परछाई से थोड़ा उजाला और थोड़ा अंधेरा है। चांद और तारों का स्पष्ट आलोक, जीवन के स्पर्श का सिहरन, मिलन का आवेग, वही मधुरता, सुरभित वेदना - सब कुछ उसके भीतर ही जैसे एकाकार हो गया था। नींद में डूबी आंखों में सुगंध से विभोर कस्तूरी मृग की तरह वह उनके गोद में सो रही थी । काश यह मिलन कभी खत्म ही ना होता।

दोनों परस्पर में ही मगन थे। परस्पर में ही अपनी आत्मा खोकर बैठे थे। जैसे सुकन्या स्वयं को खोजने पर जीवन को पाती थी। आहा !भाव विभोर हो गया था उसका मन। असंभव प्रकार के प्राप्ति से आत्मा परिपूर्ण हो उठता था। उन बातों को व्यक्त करने के लिए शब्द कहां है इस पृथ्वी पर ? इस प्रकार का प्रेम कहां यहां संभव है ? इस मानव देह द्वारा, धूल से निर्मित धरणी पर, अमर बेल की तरह आश्रित हो स्वयं को पूर्ण समर्पित कर, निस्वार्थ कंगाल भाव से, व्यवस्थित करने, एक दूसरे के सामने खुल जाने पर यह कैसी महानता है ? उनको लग रहा था जैसे बहुत दिनों की भुख की यातना से व्याकुल मनुष्य को अचानक ही दिव्य भोजन प्राप्ति पर आंखें चमक उठती है। बहुत दिनों से उसकी जीभ सुखी रहने के बावजूद अचानक लार से भर जाती है। पेट कह उठता है -और इंतजार नहीं, अब मुझ पर दया करो। मुझे पूर्ण करो। मुझे बचा लो। भोजन प्रदान कर मेरी सुधा का निवारण करो। मुझे ग्रहण करो जैसे चाह रहे हो वैसे ग्रहण करो। मुझे स्पर्श करो, लाड़ करो, भोग करो, रमन करो, मेरे अस्तित्व को अपने अस्तित्व में समाहित कर दो। सब तुम्हारा ही है जैसा चाहते हो वैसे ग्रहण करो। वह सोच रही थी और मन ही मन कह रही थी। जीवन सोच रहा था -यह मैंने सब कुछ लिया और सब कुछ दिया। ले मुझे ले जा अपने अंदर समाहित

करके रख। मैं तेरा हूं, तेरा स्वामी हूं, तेरा पिता हूं, तेरा सब कुछ हूं। मैं तुम्हें पूर्ण करता हूं। तुम्हारे अंदर ही बढ़ता हूं। तुम मुझे गढ़ती हो गढ़ने के पश्चात प्रकाश में लाती हो। मैं हमेशा तुम्हारे साये तले ही रहता हूं। तुम्हारी आशा करके ही गढ़ता हूं, बढ़ता हूं, टूटा जाता हूं, परिपूर्ण हो, उतर आता हूं।

तुम हमेशा मुझे पकड़ कर रखती हो। लाड करती हो। पुरुष को जितना भी मिले, वह संतुष्ट नहीं होता। और कहता है, कुछ भी नहीं पाया। मुझे और दो, और अधिक दो। और अधिक प्रेम करो। और अधिक लाड़ करो। जितना भी प्राप्त करें, खाली खाली।

सुकन्या जीवन को अच्छे से जानती है। जानती है, करके और अधिक और अधिक चाहती जाती है। बहुत अधिक, शरीर से, मन से, आत्मा से। उसकी प्रत्येक कोशिकाओं में उसका ही नाम खुदा हुआ है। उसके रक्त में वह मिल गई है। उसके सांसों में मिलकर एकाकार हो चुकी है। उसको हटा देने पर वह कंगाल है। मन के लेन - देन के अलावे भी एक चीज थी, इन सब से परे इन सब से ऊपर। उसे बात को समझने में कितने ही जन्म लेने पड़े दोनों को। प्रेम करना क्या चीज है क्या चीज है। प्रेम करना ?

अभी यह बात सोचने मात्र से वह पिघल कर बही जाती है। थर- थर होकर उसका शरीर कांप उठा। जैसे सर्वत्र घंटी बज उठी हो, जैसे कहीं दूर कोई धीरे-धीरे घुंघरू बजा रहा हो। कैसी सिहरन,किस प्रकार का अनुभव, जैसे मधुरस मीठा था। उससे भी और अधिक दिव्य। समग्र देह ज्वर जैसा तप रहा है। जैसे गर्भ में लाई फूटता है। सांसे गर्म होती जाती थी। आंखें मूंदी जा रही थी।

१ ० ० मील दूर से भी सुनाई देती थी एक जादुई आवाज।

छाती फटी जा रही थी। मृत्यु जैसे अनुभव हो रहा था। सब खत्म हुआ जाता था। वह भी खत्म हुई जाती थी, प्रेम में, स्नेह करने में। प्रत्येक बार लगता यह कैसा अनुभव। पहले तो ऐसा नहीं लगता था, ऐसा नहीं होता था। आहा ! जीवन धन्य हो जाता था। उसका मनुष्य देह नारी रूप में पृथ्वी में आया था। कोई एक भी दिखाई नहीं देता था, इस पृथ्वी में एक नारी और एक पुरुष के अलावा। जैसे सारी पृथ्वी धरती घँसती जा रही है। जमीन, पानी, आकाश, पवन, तरु- लता, पेड़ -पौधे सभी। किसी की याद नहीं आ रही थी। किसी की भी छवि दिखाई नहीं दे रही थी। उसके माता-पिता कौन थे। कभी इस पृथ्वी में उसने जन्म लिया था। बड़ी हुई थी कुछ भी याद नहीं

आता था। कौन उसका स्वामी, संतान, स्वजन कोई भी नहीं। किसी की भी आवाज सुनाई नहीं देती। चहुदिश कोई भी नहीं था। केवल एक नारी और एक पुरुष। तुम और मैं तुम्हारी योगिनी डोमी और उसका कालिदास कान्हूपा योगी।

सुकन्या का मन एक अनोखे आनंद से अधीर हो उठता था। जीवन के साथ मिल जाने पर कैसा उच्चाटपन? कैसी अवस्था थी वो? वह मृत्यु तुल्य अवस्था। किंतु वे सहज में पकड़ में नहीं आते थे। वह सबर बहुत चालाक। सांप का खेल खिलाने जैसे। वे उससे और खेलने की इच्छा रखते थे। उनका पद्म फूल तोड़ना अभी भी जारी था। उसकी आंखें कपाल च चिबुक, अधर, गाल, छाती, पेट, नाभी दोनों जांघें, दोनों जांघों के बीच का पद्मवन।

वह स्वयं को चोट करती थी। उसके समग्र शरीर में विष व्याप्त हो जाता। रोम- रोम में असह्य कष्ट होता है। असह्य यंत्रणा, कंठ में प्यास, सारे शरीर में मर्मांतक जलन, हाहाकार, ज्वाला, कितनी वेदना है इस प्रेम में? प्रेम प्राप्त करने में।

उसके समग्र शरीर में प्रेम की कामना की तीव्र ओंकार है। वह चित्कार कर उठती है। बस और नहीं और नहीं, अब तुम मुझे अपने में समाहित कर लो। मेरा उद्धार करो। मुझे त्राहि दे दो। मुझे निःश्व करो। अपनी सांसों में मिला लो। मेरा उद्धार करो। प्रेम दान कर, रति दान कर, रमण कर और अब यह वेदना सही नहीं जाती।

वह कह उठे

'रति से मीठा और क्या है? लो मेरा भोग करो। और इस खेल में भागीदार बनो। मेरे बाहु वलय के अंदर तुम हो। तुम ही मेरे योगी, भोगी त्यागी, चतुर सबर, पागल सबर, कान्हूपा। मैं अमृत पात्र पकड़कर गायब हो जाती हूं। मेरे सीने के कलश तुम्हारे अधरों के पास है। वह प्रेम में शव से शिव बन जाते हैं। और उनके लिंग बन जाते हैं ज्योतिर्मय लिंग। इस दहन में जल रहे पदम वन के केसर हटाकर उनका लिंग धीरे से स्पर्श कर रहा है। . होता है। बिजली कड़कती है। और चतुर्दिग आलोकित हो उठता है। गुफा के द्वार खुल जाते हैं। शबरी से मिलन हेतु अपने ब्रह्म तत्व को तिलांजलि दे कर।'

अब निर्विघ्न बंद द्वार में अतिक्रमण कर परम सुंदर योगी प्रवेश करता है, परमपुर में। परमपुर में परम रूपवती अपना चाल चलती है। अभिमंत्रित जल से स्नान कर, वह और भी शक्तिशाली हो उठता है। योगी विजय स्थल पर पहुंचने के लिए हुंकार भरता है। दान देने में चाल चलने में कोई किसी से कम नहीं था।

अनन्य महक से सुरभित तो उठती है वह घाटी। इंद्रधनुष के सात रंगों से रंगीन हो उठती है प्रकृति। कण कण होकर झर रहा था, वह दिव्य प्रकाश। आह! कितना आनंद है इसमें। मनुष्य इतना अधिक प्रेम कर सकता है? इतना अधिक? इतना तन्मय हो सकता है। वह भी एक ही विषय में। इतना पागल नहीं होने से, विह्वल ना होने से, मनुष्य क्या ऐसा कर पाएगा? आकाश, पवन, नदी, तरु-लता, मेघ, पर्वत, दुनिया में जितने भी श्रेष्ठ सुंदरताए हैं, सब जैसे यही विद्यमान हो। इन दोनों के अंदर।

सुकन्या ने अपनी दोनों बाहों से जीवन को जकड़ लिया। उन्होंने भी उसे बड़े प्रेम से अपने हृदय से लगा रखा था। और धीरे से उसके कानों में कुछ उच्चारण कर रहे थे। क्या पुकार रही थी वह? जैसे उस स्वर्ग से अमृत झर रहा था। जैसे एक अनन्य स्वर नाद। जीवन के जैसा, प्राणों के जैसा। योजन-योजन दूर तक जैसे वह आमंत्रित कर रहा हो सभी ईश्वरीय सुंदरता को। उसके चरणों में वह निछावर कर देता था कोटि-कोटि सुख। वह कलियों के आत्मा के अंदर से मुक्त होकर पुष्पित हो उठती थी। धीरे से कहा मैं यहीं पर हूं। यहीं पर तुम्हारे छाती से लगी हुई। तुम्हारे विश्वास में, तुम्हारी आने जाने वाली हर सांस में, रक्त में मिलकर बह रही हूं। अनेकों युगों से जीवन ने उसके अधरों को अपने अधरों के पंखुड़ी से दबाकर रखा था। और अनेकों चुंबनों की बरसात की। उसकी आंखों, चिबुक, गले के नीचे, छाती, सारे शरीर पर। समग्र आकाश में हलचल व्याप्त हो गई। आंखें बंद हो गई। प्रतीत होता है झर-झर कर झर पड़ी थी आशीष की धारा। प्रेम की का स्रोत फूट पड़ा था। उनके हाथों में चॉक थी और वह सुकन्या के श्यामपट रूपी शरीर पर लिख रहा था, प्रेम करने का वर्णमाला धीरे-धीरे खूब धीरे। वह कांप उठती थी। सिहर उठती थी। गला सूख जाता था। उसकी सांस फूलने लगती थी। जीवन जैसे मयूर पंखों में परिवर्तित हो उसके दिगंबर देह को ढक लेते थे। उसके इच्छा का आकाश महक उठता था। उनके अधर सुकन्या के अधर से पूछते - अमृत चखोगी? जीवन का अनुभव प्राप्त किया हैं? मेरे नैन उनके नैनों से कहते - एक बार आंखें खोल कर देखो ना, आकाश को, चांद को और अपने प्रेमी को। रात की निरवता में उनके सीने चूर-चूर हुये जा रहे थे। आखिर क्या है इस प्रेम में? इस पिड़न में, इस यंत्रणा में, जो यह इतना सुखकर है, इतना आनंदमय है।

पत्तों के बिछौने पर, पैरों के निकट पड़ी हुई थी आठ हाथ की डोरिया साड़ी।

उसके शरीर पर चंद्र की किरणें खेल रही थी। उसके साथ ही जीवन उसका जोगी भी। पैर से माथे तक चुंबनों का पोषाक पहनाता हुआ।

सुबह सवेरे ही दोनों की यह यात्रा आरंभ हुई थी। न जाने कितने ही युगों पूर्व। उस समय ना ही जीवन जानते थे, ना ही सुकन्या जानती थी। इस देह को, इस मन को, इस प्राप्ती को या इस देन-लेन के खेल को ही। कभी जेठ मास के झांझ हो, कभी-कभी आषाढ़ का मेघ लेकर, कार्तिक मास का ओस बनकर, कभी माघ महीने के ठंडक में और कभी फाल्गुन महीने के फाग बन, दोनों परस्पर मिले थे। कभी घर पर, कभी होटल में, कभी राम नायक के झोपड़ी में, तो कभी आश्रम में आधे बने घर प,र किसी पहाड़ के नीचे किसी चट्टान पर और कभी गेस्ट हाउस के बाथटब पर, कभी ट्रेन के कूपे के अंदर, जब जैसा अवसर मिला। स्थिति अवस्था देखकर। इतने वर्षों तक वह खेल कैसे खेला? यह खेल किसने समझा इतने दीर्घ वर्षों तक? इस खेल का महत्व किसने समझा? इसके कौशल को किसने अनुभव किया है? इसके चमत्कार को समग्र रात बीत गई। सुबह शाम में परिवर्तित हो गई। दिन के ऊपर दिन खत्म हो गए। परंतु यह खेल समाप्त नहीं हुआ। मन नहीं भरा। न ही प्रेम में ही कोई कमी आई।

जीवन के चुंबनों से उसके समग्र देह में ज्वाला सी दहक उठती थी। निश्वास में उठ रहा था नीला विष। उनके स्पर्श मात्र से मेरे स्नायु में लग जाते थे कई तीखे बाण। जब स्वयं के अंदर उनको पाने की अनुभूति होती तब अपने में सिमटा लेने का मन होता। उन क्षणों में उसकी अवस्था ऐसी होती जैसे वह फट पड़ेगी और फटकर पानी बनकर बह जाएगी। तुमको भिगो दूंगी तुमको बहा ले जाऊंगी। अपने साथ स्वयं में समाहित कर लूंगी। आत्मा से पुकारूंगी। कैसा उच्चचाटपन है। कैसी अद्भुत अवस्था है। मर जाने जैसी अवस्था हो जाती है। जैसे प्राण अभी ही छूट जाएंगे। आह ! कितना कष्ट है ?क्या मीठा दर्द है यह ? लेकिन वह आसानी से पकड़ में आते नहीं।

वह सबर है, खूब चालक सबर। सांप से खेलने जैसे वह उससे और थोड़ा खेलने की इच्छा करते थे। वह पद्म झूले में झूलते मगर उनके हाथ, उनके माथे, आंख, गाल, ओंठ, ग्रीवा मूल, बगल, छाती, छाती के ऊपर चुचुक, पेट, नाभि मूल दोनों जांघों, जांघों के मध्य के पदम वन स्पर्श करते। उसी वक्त वहां सुगंधित पवन बहने लगती असह्य यंत्रणा से झटपट हो स्वयं को स्वयं ही चोट मारते। उसके समग्र शरीर में प्रत्येक कोशिका में, असह्य कष्ट, असह्य यंत्रणा का अनुभव होता। कंठ में

यूगों -युगों की प्यास होती। सारे देश में मर्मांतक दहन, इतनी जलन की समग्र देह हाहाकार कर उठता। कितनी जलन है, इस प्रेम में।

अनन्य सुगंध से सुरभित हो उठती है संपूर्ण घाटी। मधुमत्त रति शक्ति भरी रात्रि समाप्ति की ओर थी। कण-कण हो झर रहा था दिव्य प्रकाश।

आह ! क्या आनंद है ? यह मनुष्य के इतने प्रेम करने में। इतना अधिक ? कोई इतना तन्मय हो सकता है एक ही विषय में ? इतना पागलपन नहीं होने से इतना विहल नहीं होने से क्या मनुष्य यह कर पाएगा ? आकाश, पवन, नदी, तरू लता, मेघ, पर्वत, दुनिया में जितनी भी श्रेष्ठ सुंदरता है, सब कुछ जैसे यही है। इसके भीतर ही इसी खेल में दोनों के भीतर।

धीरे-धीरे रात्रि बढ़ रही थी। आकाश से ओस की बूंदे झरी जा रही थी। लेनदेन का खेल भी जारी था। उनके चारों ओर क्या हो रहा था ? किस समय आकाश में खंडित चंद्रमा अस्त हो गया ? कब तारों ने धूमिल होना आरंभ कर दिया था। कब दूर आकाश अबीर के रंगों से रंग गया पता ही नहीं चला। पता ही नहीं चलता कब रात्रि बीत गई। अचानक सर के पास पेड़ की घनी शाखों के बीच से कोयल ने कुहू - कुहू की आवाज लगाई। पंचम तान से घोषणा किया - बसंत आ गया, उठो जागो। वह चमक पड़ी। नींद टूट गई। अर्धरात्रि का समय पत्तों का बिछौना ना था। न ही आठ हाथों वाली मिट्टी रंग की डोरिया साड़ी ही थी। न हीं था उनके बलिष्ट बाजूओं का वह बंधन। वह नहीं थे। सिर्फ वह थी अकेली - योगिनी।

यही स्वप्न बारंबार आता। कभी गांव का घर कभी धान आदाय होते विराट कोठार। पास ही पैरे का बिस्तर बना एक घर और कभी पहाड़ को तोड़कर बनाए गए मंदिर के प्रांगण का चबूतरा, विभिन्न परिवेश में कभी स्वयं को स्वयं अनजान प्रतीत होते। अनजान प्रतीत होते। ध्यान से देखने पर जाने पहचाने लगते। नहीं तो ऐसे लगता कि कोई और ही है।

। दो ।

फोन आया।

कौन?......

मैं ....

कुछ चाहिए क्या?

हां......

बोलो ....

तुम चाहिए, अभी, इसी मुहूर्त में।

प्रतीक्षा करो ....और कुछ समय।

थोड़ा द्वारा खोलो....... त मैं थोड़ा देख कर चला जाऊंगा?

कपाट खुल गए। हां कपाट खुल जाते हैं। देह के कपाट, मन के कपाट, आत्मा के कपाट।

मैं अंदर जाऊंगा। तुम्हें नहला दूंगा। परिवेश साथ नहीं देता। आनंद के कपाट के पास पानी झर - झरकर झर रहा था। आनंद का आवाह्न कर रही थी योगिनी। फिर कपाट में हाथों के अग्र भाग स्पर्श कराती है योगिनी।

अब और क्या?

और थोड़ा देखूंगा। रुको मैं जरा साड़ी बदल लूं। प्रतीक्षा करो। आघात तीव्र होता है।

ओहो ! ऐसा क्या कर रहे हो? निविष्ट मन से सुकन्या ने एक बार और देखा। समझने के लिए कुछ बाकी नहीं रहा। अनायास ही उसके मुंह से निकल पड़ा है -हे भगवान यह क्या हुआ? क्षण भर में ही उसकी आंखें गीली हो गई। और उनसे आंसुओं की लड़ियां झरने लगी। मन ही मन कहा - हे ! विषकंठ तुमने हमारे लिए इतना कुछ किया। वह हम याद नहीं कर पा रहे। अंतिम चरणों में जीवन जरूरी काम

से रास्ते में ही उतर पड़े। सुकन्या फिर अकेली हो गई। संध्या का बेला अंत हुआ। और उसी शाम के अंधेरे में देखा मद्रास से प्रायः ३०० किलोमीटर दूर किसी अनजाने गांव के धूल दूसरी रास्ते में नयी खरीदी हुई गाड़ी टाटा सुमो खड़ी है। उसके दोस्तों के साथ में जा रहे थे। रमण महर्षी के आश्रम को। यद्यपि पता नहीं कैसे ड्राइवर ने भूल रास्ते की ओर गाड़ी बढ़ा दी। वे लगभग ४ किलोमीटर आगे आ गये, तब उसने जाना की उन्होंने गलत रास्ता पकड़ लिया है। वहां से लौटते समय गाड़ी आगे-पीछे करते समय इंजन बंद हो गया। रास्ते के ऊपर गाड़ी खड़ा कर मद्रासी ड्राइवर ने गाड़ी को स्टार्ट करने की चेष्टाएं की। गाड़ी का बोनट खोलकर भी जांच किया और बताया कि गाड़ी खराब हो चुकी है। तब तक शाम गहरा गई थी। सूर्यास्त हो चुका था। वे हैरान हो गाड़ी के से नीचे उतरकर इधर-उधर टहलने लगे। अत्यंत ग्रामीण इलाका था। एक तरफ रास्ता, वह भी केवल एक पगडंडी। पास ही में थोड़ी मुरूम और पत्थर से कुछ काम हुआ था। स्वतंत्रता के इतने वर्षों बाद भी गांव ने बिजली की चमक नहीं देखी थी। ग्रामीण लोग उन्हें उत्सुकता से देख रहे थे। थोड़ा आगे को जाने पर एक दुकान थी। उनका पांच लोगों का दल था। वह, उसका पति विवेक, उसके मित्र डॉक्टर दास और श्रीमती दास और उनकी सहायता करने हेतु उनके साथ थे मद्रास के रहने वाले व्यक्ति शंकर। शंकर ने एक स्थानीय व्यक्ति से पूछा -यहां कोई मैकेनिक मिलेगा क्या ? उनसे पूछने पर पता चला गांव में साधारण लोग रहते हैं। खेती किसानी कर जीवन यापन करते हैं। शहर लगभग ५० किलोमीटर दूर है। वहां मैकेनिक मिलेंगे। अच्छे झमेले में पड़ा मनुष्य। अ ब क्या किया जाए ? कौन जानता था ड्राइवर यह भूल कर बैठेगा और इतना लंबा सफर तय करने के बाद जानेगा कि यह सही रास्ता नहीं। दुर्भाग्य ऐसा की मशीनी गड़बड़ी के कारण निपट ग्रामीण इलाके में गाड़ी रुक गई। शहर जाकर मैकेनिक लाना संभव नहीं। दिन होने से भी कुछ संभावनाएं थीं। ड्राइवर को दुनिया गाली देकर, उन्होंने कहां आश्रय लिया जा सकता है, इस विषय में स्थानीय लोगों के साथ शंकर बातचीत करने लगे। वह सभी शहरी लोग थे। आधुनिक जीवन शैली के अभ्यस्त थे। उस गांव के में आसपास रहने की कोई सुविधा नहीं थी। जिस गांव के लिए पक्का रास्ता ना हो, बिजली ना हो उसे गांव से कैसे इस प्रकार की सुविधा की आशा की जा सकती थी।

रास्ते में खाने के लिए जो सुखे नाश्ते ले गए थे। उनमें से कुछ बचे थे और कुछ पानी बचा था। वह पांच लोगों के लिए पर्याप्त ना था। सभी के चिंतित हो जाने

पर सुकन्या गांव के रास्ते पर कुछ आगे गई। उसे ऐसा लगा वह अपने गांव में है। गांव के रास्ते पर चल रही है। रास्ते के किनारे पड़े एक पत्थर पर बैठ दूर गांव की ओर देख क्षुब्ध हो गई। शरीर सिहर गया। एक अपूर्व भाव उसके भीतर से उठकर आया और उसे रोमांचित कर गया। पश्चिम दिशा की ओर मुंह करके बैठी थी। आकाश में सूर्यास्त का दृश्य उसे सम्मोहित कर रहा था। उसने सोचा ऐसा अद्भुत सूर्यास्त उसने जीवन में कभी नहीं देखा। सुदूर धुआं-धुआं अस्पष्ट गांव आकाश, आकाश में अपने घोसलों में लौटते पक्षी, दूर पहाड़, पहाड़ पर वृक्ष लताओं की पत्तियां, पत्तियों पर झल मल करती सुनहरी सूर्य किरणें। अपूर्व अनंत विस्मय उसके अंदर अपनी मिट्टी को पकड़ कर मनुष्य का विभोर जीवन। आहा ! कितना सुंदर कितना अनन्य है प्रकृति का यह रूप विभव।

आज के व्यस्त मनुष्य के पास समय कहां है ? इन मनोरम दृश्य का उपभोग करने के लिए।

जीवन और आजीविका के पीछे दौड़ने में व्यस्त मनुष्य के पास स्वयं के लिए तो समय नहीं प्रकृति के लिए कहां से निकल पाएगा। हो सकता है जीवन थोड़ा और मधुर हो सकता है। जीवन को जीना थोड़ा सहज, सरल हो सकता था।

वह आकाश से नजर हटाकर गांव की ओर देखने लगी। जैसा लगा इस गांव से वह बहुत दिनों से परिचित है। यह उसका अपना गांव हो। सुदूर दिखते पहाड़, खेत खलियान, पेड़ पौधे, आकाश, धूल - घूसरित रास्ते, घर, सब कुछ अति अपना सा प्रतीत हुआ। इसलिए भी ऐसा लगा क्योंकि भारत का हर गांव एक ही जैसा है। ऐसे में इस गांव से अपनापन लगने में कोई विचित्रता नहीं।

शहर से दूर नि: शब्द गांव। धूल नहीं था, धूसर दिगवलय ना था, भीड़ भाड़ ना थी। १००-१०० लोगों का आना-जाना ना था। घोसलों में लौटने वाले पक्षियों के कलरव और पत्तों के पवन से हिलने के अलावे कोई शोर न था। शांत नीरव परिवेश के बीच-बीच में झींगुर की झाई - झाई संगीत। दक्षिण का एक गांव उसे उसका नाम भी पता नहीं था। शाम उतर आई गांव के अंदर धारा पृष्ठ पर। शाम और सुबह यह दो ही एक-एक महाकाव्य थे। जिसने अपने जीवन में यह ग्रंथ नहीं पढ़ा उसका जीवन निरर्थक है। किसी के ऊंचे आवाज में बुलाने पर उसका ध्यान टूटा। वह वर्तमान में लौट आई। सुना पास ही एक धर्मशाला है, जिसका उपयोग न के बराबर होता था। परित्यक्त कहा जा सकता है। लेकिन साफ करने के लिए लोग नियुक्त

है। वहां नहीं तो गांव के मुखिया के घर बसेरा। अंत में धर्मशाला में रहना तय हुआ। सुबह गांव में दूध लेने आने वाली गाड़ी से ड्राइवर पास के शहर जाकर मैकेनिक बुलाकर गाड़ी ठीक कराएगा। नहीं तो गांव का कोई बच्चा मोटरसाइकिल में जाकर मैकेनिक को लायेगा।

१० .८ .२००२ शनिवार दक्षिण भारत में बारिश नहीं थी। आकाश में हल्के-हल्के मेघ थे। दक्षिण पश्चिमी हवाएं चलने से उत्तर भारत में मूसलाधार बारिश होती है। और जब यह मौसमी हवाऐं बारिश कर लौटी हैं। तब दक्षिण में कुछ बूंदाबांदी करती हैं। वह भी सितंबर अक्टूबर के महीने में।

ए सी और पंखे के अभ्यस्त उन शहरी लोगों के निकट जल रहा था लालटेन। अंधेरे -अंधेरे से घर हल्की रोशनी में दीवारों पर नाचती परछाइयां - एक अलग ही दुनिया की सैर पर ले चलें थे। दो कमरों का घर यद्यपि सभी एक साथ बैठे हुए थे। बाहर बरामदे पर जल रहा था एक लालटेन और घर के अंदर एक लालटेन। वह उठी और पास वाले कमरे में चली गई। किसने इस निपट ग्रामीण स्थान में यह धर्मशाला बनवाया था। पता नहीं ? बड़े-बड़े दो कमरे, सामने बरामदा। बरामदा के किनारे लगकर छोटा कमरा। जहां रसोई की व्यवस्था थी। और धर्मशाला के चारों ओर ऊंचे - ऊंचे वृक्ष लगे हुए थे। लालटेन की मद्दम रोशनी में परछाई की तरह नाच रहे थे वृक्ष। अंधेरी रात के काले आकाश में नक्षत्र चकमक हो रहे थे। पवन की चुप-चुप बातें, जुगनुओं की जलती - बुझती रोशनी, सियार की आवाज। ठीक वैसे ही अंधेरी रात में एक सुंदर परिवेश उसके सामने था एक अपरिचित दूर गांव में।

लालटेन पड़कर दो लोगों के उसकी ओर आने से वह अपनी भावनाओं से बाहर निकली। वे लोग उनके लिए रात्रि भोजन का प्रबंध कर लाए थे। उनके साथ गांव के मुखिया थे। खाना परोसना आरंभ हुआ। केले के पत्तों पर गरम-गरम अन्न, उसके ऊपर मह - मह महकता घी, सब्जी, दही, सांभर और रस्सम ? क्या ही सुस्वादी भोजन था ? दक्षिण भारत के खाने बहुतों को रास नहीं आते। मगर उस दिन का खाना अत्यंत तृप्ति पूर्ण था। उस समय वह भोजन ही हमारे लिए दिव्य आनंद का स्रोत था। एक स्वर्गीय स्वाद का अनुभव था। भोजन ग्रहण कर वह बाहर को आई। कोई एक पक्षी पेड़ों की घनी शाखों के बीच चहचहा उठा। निर्जन स्थान पर खुले आकाश तले वह खड़ी थी। छायाहीन उदास अंधकार रात्रि जिसने ना देखा हो वह क्या समझेगा अंधेरी रात क्या है ?

पश्चिम आकाश के एक कोने से पवन बहना आरंभ हुआ। बारिश की बूंदें गिरने लगी। श्रीमती दास बाहर को निकल आई। घर के अंदर मच्छर काट रहे हैं। कीड़े मकोड़े उड़ रहे हैं। आज गर्मी के तो क्या ही कहने। ऐसे में क्या नींद आएगी ? बाबा रे बाबा !यह किस झमेले में पड़ा मनुष्य। व्याकुल हो श्रीमती दास ने अपना मत रखा। यह भी एक प्रकार का अनुभव नहीं है क्या ? आप जानती होंगी १९९९ के महा तूफान के दौरान भुवनेश्वर में रहकर भी बिजली आने में १० - १२ दिन लग गए थे। पीने को पानी नहीं। खाने खाना नहीं। बाजार में समान मिलना मुश्किल। यदि किसी ने अपनी दुकान खोली भी तो लूटपाट मत जाती थी। इस परिस्थिति में भी हमने इतने दिन कैसे गुजार दिए सोचने से भी आश्चर्य लगता है। और यह तो सिर्फ एक रात की बात है। कुछ घंटे में समाप्त हो जाएगी। सुकन्या ने आश्वासन देते हुए कहा। मेरे तो प्राण निकल जा रहे हैं। इस गर्मी में क्यों आ रही थी पता नहीं ? यह बात नहीं है। असुविधा की बातें सोचकर हम भी क्या कर सकते हैं ? और यदि कुछ कर नहीं सकते तो इस स्थिति को स्वीकार करने में ही भलाई है। केवल शिकार करने तक ही आप कष्ट पाएंगे। कौन जान रहा था ऐसा होगा करके ? हां यह भी सच है। देर रात तक दोनों ने गप्पे हांक कर रात काटी। थोड़ी बारिश होने के फल स्वरुप चिपचिपी गर्मी थोड़ी कम हुई। उनके सोते-सोते कितने बजे थे पता नहीं। किसी ने दरवाजे पर दस्तक दी। सुबह हो चुकी थी। पेड़ की शाखों से सूर्य किरण छन छन कर धरती पर पड़ रही थी। ६ -७लोग शंकर के साथ कुछ बातें कर रहे थे। ड्राइवर गांव के किसी युवक को लेकर शहर जा चुका था मैकेनिक लाने हेतु। सुकन्या ने अपने मुंह धोकर पानी पिया श्रीमती दास अभी भी सोई हुई थी। एक बच्चा गिलास भरकर कॉफी देकर चला गया। सुकन्या ने उसे कॉफी गिलास को अपने नाक के पास लाकर सुबह सुगंध मात्र से उसका मन मस्तिष्क तरोताजा हो उठे। कॉफी की सुगंध इतनी अच्छी भी हो सकती है उसे अंदाजा ही नहीं था। न केवल सुंगध बल्कि उसका स्वाद भी अनन्य था।

मन के भीतर थोड़े भी जो नकारात्मक विचार थे, संपूर्ण धूल चुके थे। कॉफी पीने के बाद मन और शरीर एकदम हल्के हो गए थे। एक अपरिचित गांव के अपरिचित लोग तब भी रात्रि भोजन, सुबह की कॉफ़ी, की व्यवस्था हो गई। और कुछ शायद जरूरत पड़े करके लोग उनके आसपास उपस्थित थे। पास ही कुएं से पानी निकाल कर बड़े-बड़े घड़ो में भरे जा रहे थे। कुएं के पास ही बांस गाड़कर उसे

तारपोलिन से ढक कर एक स्थाई स्नानागार तैयार किया गया था। अनजाने और अनदेखें लोगों के लिए क्या कोई इतना कर पता है?

२ अगस्त २००२ रविवार की बारिश से धुली सुबह इस परित्यक्त प्राय धर्मशाला के बरामदे में खड़ी हुई सुकन्या अचंभित हो उठी। हो सकता है रात के अंधेरे में वह देख ना पाई हो। पेड़ों के भीड़ के बीच-बीच से दिखाई दे रहे थे कुछ जीर्ण सीर्ण मंदिर। जैसा भुवनेश्वर के लिंगराज मंदिर या पुरी जगरनाथ मंदिर को केंद्रित कर चारों ओर अनेक छोटे बड़े मंदिर बने हैं। ठीक वैसे ही। कुछ मंदिर के सिर्फ अवशेष ही रह गए थे। कुछ के ऊपर बरगद पीपल इत्यादि के बड़े-बड़े पेड़ उग आए थे। और कुछ स्वाभिमान से सर उठाए खड़े थे। सुकन्या निर्दिष्ट भाव से मंदिरों को देख रही थी। और धर्मशाला की आवश्यकता के बारे में समझ चुकी थी।

लोगों के बीच से शंकर ने उसके पास आकर कहा - जल्दी-जल्दी नित्य कर्म खत्म करें। मंदिर के पुजारी ने सूचना भेजी है। आप लोग वहां जाएंगे। यह दक्षिण भारत का एक प्राचीन शिव पार्वती मंदिर है। ऐसा अलग से शिव पार्वती मंदिर क्वचित स्थान पर ही देखा जाता है। अभी दक्षिण भारत में शिव जी का उत्सव आरंभ है। आज इस मंदिर का एक विशेष दिन है। १२ वर्षों में एक बार यह लगन आता है। आज ही वह योग पड़ा है। प्राय आधे घंटे के भीतर वे सभी स्नान कर तैयार हो गए।

मात्र ५ मिनट का रास्ता था। रास्ते के किनारे वृक्षों को देखा। इतने प्राचीन वृक्ष उसने पहले नहीं देखे थे। उन वृक्षों के रंग अलग प्रकार के काले थे। उनमें से कुछ अति विशालकाय वृक्ष थे। कुछ इमली और कुछ आम के थे। .और वृक्षों को वह नहीं जानती थी और ना ही कभी देखा था। एक-एक वृक्षों के जड़ों में मिट्टी चढ़ गई थी या दीमक लग जाने के परिणाम स्वरुप आधे से अधिक नष्ट हो गए थे। मंदिर के चारों ओर बनी विशाल प्राचीर कई जगह से खिसक गई थी। पत्थर बिखरे पड़े थे। छोटे-बड़े अनेक मंदिर निकट के वृक्षों की तरह ये मंदिर भी अति प्राचीन थे। इन मंदिरों के बारे में अनेक कहानियां और लोक कथाएं प्रचलित थी। पास ही एक विशाल तालाब था। उसको चारों ओर पत्थर से बांधा गया था। दक्षिण में उसने जितने मंदिर देखे थे और किसी भी मंदिर के परिसर में ऐसा बड़ा तालाब कहीं नहीं था। एक पुजारी ने बतलाया कि यह मंदिर लगभग ५० हजार वर्ष पुराना है। रख रखाव के अभाव में आज जीर्णसीर्ण होकर पड़ा है। सरकार से बार-बार आवेदन करने के पश्चात भी यह अब तक पर्यटन स्थल घोषित नहीं हो पाया है। यातायात की कोई

सुविधा न होने के कारण कोई इधर आता ही नहीं। गांव के लोग जितना कर पाते हैं, करते हैं। वे लोग मंदिर परिसर के अंदर इधर-उधर घूम रहे थे। तभी सूचना मिली मुख्य पुजारी उन्हें खोज रहे हैं। करीब २०० लोग मंदिर के सामने जमा थे। और कुछ लोग विभिन्न वाद्य यंत्र पड़कर एक सुसज्जित पालकी के पास खड़े थे। एक वृद्ध पुजारी जी ने हमारी ओर आकर तमिल भाषा में कुछ कहा। हम लोग कुछ नहीं समझ पाए। उनकी बातों को शंकर ने कुछ इस प्रकार भाषांतर किया -पिछली रात मंदिर के पुजारी को स्वप्न आदेश मिला है। धर्मशाला में रहने वाले यात्रियों में एक महिला है। उसे पार्वती के रूप में अभिषेक करने का आदेश हुआ है। हमेशा वर्ष में एक बार इसी तिथि पर स्वप्न आदेश के अनुसार पार्वती का अभिषेक कर उनकी शक्ति के रूप में पूजा की जाती है। यह इस मंदिर का नियम है।

सुकन्या मन ही मन हंस पड़ी। पार्वती तो है, फिर यह मानवी पार्वती क्यों ? यह किस प्रकार का नियम है ? सब कुछ छलना है। कल तक जो उन्हें आदर सत्कार प्राप्त हुए थे। उसका मूल्य वसूलने का समय आ गया। सारी दुनिया में ऐसे मठ, मंदिर, पुजारी, बाबा, चेला लोगों के रोजगार स्थल बन गए हैं। ईश्वर के दर्शन करने वाले भक्तों को लूटा जा रहा है। उड़ीसा के मंदिरों के अंदर जो एक बार जाएगा, वह समझ पाएगा वर्तमान में कैसे चल रहा है। मंदिरों में ईश्वर दर्शन के साथ-साथ लूट। दक्षिण भारत के मंदिरों के संपर्क में उसकी जो अच्छी धारणा थी वह टल मल हो गई। अब यह मंदिर वाले उनसे खूब ज्यादा दक्षिणा करवाएंगे क्योंकि १२ वर्षों बाद यह योग पड़ा है। यह सब झूठी बातें हैं मनगढ़ंत।

श्रीमती दास को कहा -तैयार हो जाइए। आप तो वार, व्रत, उपवास करती हैं। ईश्वर की पूजा करती हैं। मैं तो नास्तिक हूं। यह सब बातें मेरे गले नहीं उतरती। वह वहां से निकल आई और थोड़े आगे बने चबूतरे पर बैठ गई।

अचानक किसी ने उसका नाम लेकर पुकारा। अपरिचित स्वर था। आश्चर्य होकर उसने भीड़ की ओर देखा। मंदिर का मुखिया, उनके पीछे एक युवक, उसकी ओर चले आ रहे थे। उनके पीछे से अनेक लोग। सुकन्या चिंतित हो खड़ी हो गई। यह सब क्या हो रहा है ? वह यह समझ पाती और इसका प्रतिवाद कर पाती, इसके पूर्व ही चार महिलाएं उसे गोद में उठा चुकी थी।

हे भगवान ! हैरान होकर उसने कुछ कहने की चेष्टा की, मगर उसने पाया उसके कंठ अवरुद्ध हो गये है। क्रमशः वह अपने आप से बाहर निकली जा रही है।

उसने पाया कि कोई अनजान जादुई शक्ति उसके ऊपर प्रभाव विस्तार कर रही है। वह सचेतन थी मगर उसका अपना अस्तित्व कोई काम नहीं कर रहा था। उसको उठाकर वह महिलाएं मंदिर के भीतर प्रवेश कर गई। विभिन्न प्रकार के वाद्य यंत्र बज रहे थे। मुख्य मंदिर के एक तरफ नाना प्रकार के द्रव्य रखे हुए थे। उन्होंने उसे एक नई साड़ी पहनाकर उसके देह में सुगंधित उबटन लगा दिया। और पूर्व की ओर रखें पीतल घड़े के पानी से नहला दिया। नए वस्त्र और विभिन्न प्रकार के आभूषण फूल इत्यादि से श्रृंगार कर और एक मंदिर में ले गए। उसे ज्ञात हुआ, यह माता पार्वती का मंदिर है। पूर्व से सज्जित एक पालकी के साथ वाद्य यंत्र बजाते हुए कहार आकर पहुंचे।

विधि विधान पूर्वक पूजन के विभिन्न अनुष्ठान का निर्वहन किया। शिव का आज्ञा माल उसे पहनाकर अभिषेक कर वैदिक अनुष्ठान का समापन किया गया। सभी विधान सपूर्ण होने के बाद मंदिर प्राचीर के प्राचीन शिवलिंग जिस पर लिपटी हुई एक रुद्राक्ष की माला लाकर उसके गले में पहना दी गई।

सबसे अधिक आश्चर्य की बात यह थी कि शहर से आए मैकेनिक के गाड़ी स्टार्ट करने मात्र से गाड़ी स्टार्ट हो गई जैसे कभी खराब हुई ही ना थी। किसी प्रकार की यांत्रिक खराबी नहीं थी सभी ने पेट भर भोजन किया। नाना प्रकार के उपहार लेकर रमण महर्षि के आश्रम की ओर यात्रा आरंभ हुई। ग्राम वासियों ने हमको विदाई दी।

। मोड़ बदलने की कहानी ।

तुम कुछ नहीं जानते

कितने ही प्रश्न है तुम्हारे

क्या है मेरे श्रम का कारण

उत्तर इसका एकमात्र

धीरे-धीरे सब

पढ़ने से जान पाओगे

इसलिए तुम्हारे पास

रखे हुए उष्म नीड मेरे

उपस्थित। लक्ष्य नहीं स्वयं की मेरी

कारण यहां नीड मिलते हैं

प्राप्ति होती उष्मता की
एकदा पूछ कर बैठ जाने से
क्या चाहता हूं?
क्या पता?
मैं अनजान हूं स्वयं से
कैसे जान पाऊंगा
निज आवश्यकता
एवं तुमसे
उसकी पूर्णता या
असहायता को
केवल यह जानता हूं
मेरी आवश्यकता है
जितना जो मिल जाए
बिना शर्त, बिना मांगे
स्वत: की प्रवृत्ति से।

प्यारी सुकन्या

स्नेह

विभिन्न कारणों से लिखने में विलंब हुई। तुमने पत्र में इतनी बातें लिखी हैं कि मैंने सोचा इसका उत्तर पत्र द्वारा ना देकर तुमसे साक्षात होकर दिया जाए तो बेहतर रहेगा। कब मिलना होगा, क्या पता? तुम्हारा भविष्य सुखमय होगा, मेरी यह आशा है। यदि इस तरफ नौकरी करने की इच्छा है, तो मैं इस बारे में बात करूंगा। मैं उड़ीसा जाने पर यहां आने के संदर्भ में बात करूंगा। और सब ठीक है। 'नुआ कथा' का शुभारंभ जनवरी १० तारीख को होगा। सन् १९८१ तुम्हारे जीवन में सभी दिशाओं से सुख और उल्लास की वर्षा करें। ऐसी आशा और विश्वास है।

तुम्हारा जीवन

प्यारी सुकन्या

इस बार लंबी चिट्ठी। मेरी चिट्ठी और शुभकामना पत्र मिला होगा। अनेक समय मुझे लगता है कि हमारे न जानने पर भी हम सभी इस एक समुद्र के अंश

विशेष हैं। अंत: किसी एक की बात क्रमानुगत रूप से सोचने पर उसका प्रतिफल निर्दिष्ट व्यक्ति पर प्रतिफलित होता है। ३० और ३१ तारीख को तुम्हारी इतनी याद आई कि तुम्हें लिखे बिना नहीं रह सका। तुम भी ठीक उसी समय लिख रही हो।

चिट्ठी लिखने के मामले में मैं आलसी नहीं हूं। मगर चिट्ठियाँ तुमसे दूरी का एहसास कराती हैं। इसलिए चिट्ठी लिखने से दुखी होता हूं।

अपने-अपने परिधि में घूमते हुए मन को चिट्ठी एकत्रित कर एक परिधि में ले आने में बहुत सहायता करता है। क्योंकि दूरी स्नेह को बढ़ाती है। इसमें देह का आकर्षण कम होता है। मुंह से हम जो बयान नहीं कर सकते उसे चिट्ठी में आसानी से लिखा जा सकता हैं। स्वयं की परिधि के स्वतंत्रता को नष्ट कर दूसरे के परिधि में मिल जाने में बहुत आनंद है। किंतु परिधि जब पुन: अपने-अपने स्थान को चले जाते हैं तब वह बिरह व्यथा मनुष्य को कष्ट पहुंचती है। ऐसे ही दुखो से मैं दुखी हूं।

तैरते हुए समुद्र के मध्य में पहुंच जाने पर एक बड़ी लहर जाकर पुन: रेत पर पहुंचा दिया। इस अतीत के लिखने के लिए कुछ स्थान कल और परिवेश का अभाव था। और कुछ पेट पालने की चिंता। फिर मेरी लिखी गई चिट्ठी और तुम्हारे जवाब इतने भाव प्रवण की क्या उन्हें कोई पढ़ सकता है.......... ?

मेरा तुम्हें प्यार करना। तुम्हारे स्नेह पर निर्भर रहने का अनुरोध करना। मिलने से अच्छा होता। अनेक बातें, अनेक साहित्य, यह व्यवसायी लोग क्या समझे ?

अब चिट्ठी लिखना बंद करता हूं। तुम्हारा परीक्षा फल जानकर खुशी हुई। और अधिक अच्छा करने से मैं ज्यादा खुश होऊंगा। तुम्हें क्या दूं स्नेह के साथ।

जीवन

सुकन्या

तुम्हारी चिट्ठी मिली। तुमने कितनी बातें लिखी है। फुर्सत में बैठ कर उत्तर दूंगा सोचते -सोचते कितने दिन निकल गए। ऐसा हमेशा और हर बार। अत: आज, वर्तमान ऑफिस में बैठकर लिखूंगा सोचा ....

इस बार की तुम्हारी चिट्ठी पढ़कर मैंने जाना कि मैं चाहे जो भी हूं मगर तुम निश्चित ही एक निश्चल प्रेमिका हो। विवाहित होने पर भी प्रेम से वंचित होने जैसी कोई बात मुझे नहीं लगती। प्रेम का विवाह इत्यादि बंधनों से कोई संबंध नहीं है। प्रेम में बंधन नहीं है अत:..

तुम्हारे साथ मिलना नहीं हुआ इसलिए बालेश्वर स्टेशन में थोड़ी बेचैनी हुई। तुम्हारे और नव बाबू के लिए लाये संदेश के पैकेट को हाथ में रख एवं व्यक्तिगत संदेश को छाती में रखकर लौट गया।

'नव बाबू के नहीं आने पर मुझे ढूंढने के उपाय'

फर्स्ट क्लास कंपार्टमेंट, लंबा व्यक्ति, चौड़ी नाक, हाथ में एक डायरी। बाद में नव बाबू के साथ विशाखापट्टनम में मुलाकात और बातचीत हुई। तुम्हारे साथ कब होगी। तुम्हारी पारस्परिक समस्या के संबंध में मुझे जो करना है वह मैं करूंगा। इस बारे में चिट्ठी में आलोचना करना संभव नहीं। कभी आए तो रुबरु बैठकर बातें होंगी। यहां नहीं तो, पूरी में।

मेरे पीछे तुम्हारे अलावा और कौन लग सकता है। अगर कभी कुछ जरूरत हो तो बिना झिझक मुझे लिखना। मुझसे जितना हो पाएगा करूंगा। ठीक समय में चिट्ठी लिखने के कारण मार खाने से बच गए। अच्छे लोगों के मार के विषय में तुम्हारी क्या कोई धारणा नहीं है ? ठीक स्थान पर बैठने से वहां पर चिन्ह रह जाता है। कभी आमना-सामना होने से तुम्हारे ऊपर निश्चित बैठूंगा। मेरी चिट्ठी का इंतजार किए बिना ही चिट्ठी लिखना। इतना व्यावहारिक होने की आवश्यकता नहीं। तुमने जो प्रेम प्रेषित किया था उसे यथा स्थान रख एवं नमस्कार को ग्रहण कर तुम्हारे लिए कुछ प्रेम और आशीर्वाद भेज रहा हूं। ग्रहण करना।

मैं एक पंक्ति

जीवन

सुकन्या

अभी रात्रि के १०:३५ हुए हैं। मैंने खा पी लिया है। पढ़ने बैठा ही था कि तुम्हें चिट्ठी लिखने का ख्याल आया। तुमने काव्य पुरुष की बात लिखी थी। मेरा ख्याल है काव्य पुरुष कहलाए जाने पर भी वह पुरुष संभवत एक नारी है। वह काव्य पुरुष नाना भाव से अपेक्षित है। उसकी बात समझने के लिए किसी के पास समय नहीं। कभी किसी निर्जन और असहाय मुहूर्त में उसे काव्य पुरुष के पास पहुंचने से कितनी संवेदना और स्नेह सहित अपने पास बिठाता हैं। पूछता है -मुझे भूल जा रहे हो ? इस छोटी नौकरी कम पैसे और टूटी गाड़ी के झमेले में पड़कर। मैं सही बाकी सब झूठ। तुमने जो देखा वह सही। उसे पुरुष /नारी को पहचानना सभी के लिए संभव नहीं। कारण वह बहुत अंदर है। मुझे लगता है कि तुम पहचानने में सक्षम हो।

घर में, बाहर में घूमते हुए मन से ऊपर जो पुरुष है, मैं उसे पहचानने में सक्षम नहीं। ऐसी मेरी धारणा है। मेरे लिए मैं हमेशा भाषमान पक्षी हूं। अत: मैं स्वाधीन हूं।

डायरी अच्छी नहीं लगी, तुम्हारा यह सीधे-सीधे कहना मुझे अच्छा लगा। लेकिन काले रंग के बारे में तुम्हारी नकारात्मक राय जानकर आश्चर्य चकित हुआ। यदि काले रंग के ऊपर एक पैराग्राफ लिखने को कहा जाए तो मैं इस तरह लिखूंगा-

पृथ्वी के सृष्टि के पहले प्रकाश नहीं था। चारों ओर सिर्फ और सिर्फअंधकार ही प व्याप्त था। अंधकार मतलब काला और प्रकाश मतलब सफेद। सृष्टि के सर्वप्रथम रंग। अन्य सभी रंग इन दो रंगों के मिश्रण से बने हैं। स्वर्गीय प्रेम की परकाष्ठा प्रतिपादित करने वाले श्री कृष्ण मानव प्रेम के प्रतीक हैं। भ्रमण एवं दैहिक संभोग में सबसे उत्कृष्ट है नीग्रो। वे सभी काले होते हैं। इस सृष्टि में सबसे आकषर्णीय है नारी। उसे थोड़ा देखो अगर सर के बाल काले ना होकर सफेद होते तो कैसा लगता। आंखों में काजल ना हो तो, अगर चेहरे में काला तिल हो तो कितना सुंदर दिखता है। स्तनाग्र अगर काला ना होकर और किसी रंग का होता तो ? यह बात यहीं रोकता हूं वरना तुमसे खूब गाली खाऊंगा। तुम बस स्टैंड आकर निराशा हुई। इसके लिए मैं अत्यधिक दुखित हूं। कभी बदला ले लेना। कवि एवं १६००० गोप नारियों के बारे में जो तुमने लिखा है एक तरह से सही है। मेरा १६ सहस्त्र नारी गोप की ओर बढ़ रहा है। और बीच में धूप सेंक रहा है। तुम्हारे पतिदेव इस चिट्ठी को पढ़कर गलत सोच सकते हैं। .उन्हें समझा देना कि मैं एक अलग भाव से लिख रहा हूं। ठहमारी बात हमारे लिए ठ नव बाबू को मेरी बात याद दिला देना।

अशेष श्रद्धा के साथ

जीवन

सुकन्या

आज २ अप्रैल है। ऐसा प्रतीत हो रहा है जैसे तुमने युगों पहले चिट्ठी लिखी थी। जानबूझकर निरुत्तर रहा, यह देखने के लिए की मेरे लिए तुम्हारी मानसिक आवश्यकता कितनी है। सोच रहा था कि निरवता के कुछ अंश में तुम अस्थिर हो सकती हो। बारंबार चिट्ठी लिखो। लेकिन वैसा कुछ होना जाना नहीं था। तुम और मैं दोनों जानते हैं कि अधिकांश कवि बुद्धू होते हैं। लेकिन मैं थोड़ा ज्यादा ही बुद्धू हूं।

जंजाल में फंसने वाले स्थान का नाम है संसार। वहां पर दुख, अशांति, धोखा इत्यादि स्वाभाविक बात है। इन सब बातों से परेशान होने से कोई लाभ नहीं है।

सुकन्या पत्थर से सर टकराओगी तो चोट सर को ही लगेगी। आने वाली समस्त घटनाओं को सहर्ष स्वीकार कर लेने या दूसरी भाषा में कहा जाए तो सहन कर लेने पर उसको लगने वाले धक्के की तीव्रता थोड़ी कम हो जाएगी। तुम्हारे नियुक्ति संबंधी मेरे द्वारा दिया गया दिलासा मुझे याद है। चिट्ठी द्वारा कैसे विश्वास दिलाऊं। जिस दिन तक तुमसे साक्षात नहीं होता, तब तक मैं जो कह रहा हूं उस पर विश्वास करना कठिन है। अभी सरोज बाबू ढेंकनाल आए थे। तब मैं वहीं उपस्थित था। जुलाई महीने में प्रेस तैयार होगा और दशहरा में से मानसिक पत्रिका का शुभारंभ होगा। उसमें तुम्हें पत्रिका विभाग देने की मेरी इच्छा है। यदि मैं बाहर किसी के काम आ पाया। मार्च में यहां इतना काम था कि कहीं और जा नहीं पाया। अप्रैल के अंत में पूरी जाऊंगा। तुम्हें देखूंगा। यदि संभव हुआ तो अवश्य आऊंगा सुकन्या।

मेरा प्रेम ग्रहण करना

जीवन

प्यारी सुकन्या

आज तुम्हारी चिट्ठी मिली। प्राय: चार-पांच बार पढ़ चुका इस बार को मिलाकर। इस बार मैंने विचार किया कि तुम्हारे पतिदेव कितने अच्छे होंगे। जन्म से शांत रहे हो या नहीं मगर तुमसे विवाहोपरांत शांत हो गए होंगे। कारण तुम्हारे में समझा देने या क्रोध शांत कर देने की ऐसी क्षमता है कि तुमने सत्य पथ कर सही किया। जो भी हो सब प्रांजल हो गया। किसी के मंतव्य के ऊपर अपने मंतव्य को थोपना सही नहीं है। उस पर तुम्हारे नाना तो व्यवसायी हैं। ठेठ उड़िया में कहा जाये तो व्यापारी। सभी स्थान पर लाभ हानि का हिसाब रखने वाले। मैं सन्यासी नहीं मुझ में दुर्बलता रही है और आगे भी रहेगी। किसी समय कहा होगा। तुम मुझसे पूछ लेती तो अच्छा होता। कवि का मन उसके अंदर और स्वयं के नियंत्रण से बाहर होता है। अत: मैं अत्यंत भावुक हूं। तुम्हारे प्रति गुस्सा नहीं स्वयं को ना समझ पाने के क्षोभ से क्षुब्ध हूं।

मुझे परेशान ना होने के लिए लिखा है। मैं परेशान ना हूं तो कौन होगा ? इतने दिनों से केवल प्रतिज्ञा के अलावा तो कुछ भी नहीं हुआ। तुमने जैसा व्याख्या किया है। मैं उसको विशेष महत्व नहीं देता। धारा के साथ बहना ही जीवन है। और धारा के विपरीत जाना विप्लव है। किसी को कुछ न देकर। नौकरी ना करके रह जाने से संसार ठीक हो जाएगा। विभिन्न प्रकार की समस्या के जूझते हुए तुम भावुक हो जा

रही हो। आज दोपहर को मैनें तुम्हें सपने में देखा सुकन्या। उस स्वप्न के बारे में तुमको क्या बताऊं कभी मिलने पर बताऊंगा वह बात। सर्व भारतीय बदली नौकरी का कोई ठिकाना नहीं। तुम व्यवस्थित हो जाने पर शांति मिलेगी। यह बात भी सही है कि भविष्य में संपर्क का क्या होगा। यह संपर्क कौन सा मोड़ लेगा, कहना कठिन है। लेकिन वर्तमान और भविष्य में तुमसे कोई फायदा उठाने की बात मेरी कल्पना में भी नहीं है। मैं जरा भी गुस्सा नहीं हूं। इस बात को लेकर तुम जरा भी परेशान ना होना। शायद तुम्हारे साथ भुवनेश्वर में देखना हो। तुम्हारा तो चेहरा भी देखना मना है।

मेरी श्रद्धा और स्नेह लेना
जीवन

सुकन्या

अब मुझे लग रहा है मुझे जो कुछ लिखना था सब कुछ लिख चुका। अब मेरे अंदर सिर्फ शून्यता है। बहुत हो चुका। २२ से २९ तारीख के अंदर अगर तुम भुवनेश्वर में होगी तो मिलना होगा। तुम जहां ठहरोगी उसका पता सरोज बाबू को दे देना। अबकी बार दीर्घकाल तक मुंह दिखाई होगी, ऐसा अनुमान है। स्त्री के आगे खिंच गई तीन लकीरों की बात मैं जानता हूं। तुम्हें प्राप्त करने के लिए मुझे पुष्पक विमान तैयार करना होगा। उसके बाद तुम्हारा अपहरण।

भुवनेश्वर स्थानांतरण की बात मैंने सरोज बाबू की चिट्ठी से जानी। भुवनेश्वर से तुम्हारी कहानियां ले आया था। आजकल सारा प्रेम भुवनेश्वर चालान हो गया है। मई के महीने के भीषण गर्मी में तुमसे मुलाकात की इच्छा के साथ पत्र समाप्त करता हूं।

सस्नेह
जीवन

सुकन्या

तुम्हारा पत्र अनेक दिनों के बाद प्राप्त हुआ। सोचा बाढ़ के कारण पत्र आदान-प्रदान असुविधा के कारण बंद हो गया होगा। उड़ीसा में आए बाढ़ का सुनकर दुखित हुआ। बेचारे गरीब ओड़िया लोगों के ऊपर हमेशा से दुख लगा रहता है। नींद से उठकर तुम्हारा मुखड़ा देखना शुभ होगा सोच रहा हूं। परंतु तुम अंदर नहीं आ रही। बाहर क्यों बैठी हो ? समीप आकर बैठो तुम्हारा शरीर इतना गर्म क्यों है ? यह क्या भाव प्रवणता है। गर्म देह पर सर रखकर सोने का अलग ही आनंद है। साहस है ?

केवल पत्र में ही नहीं समीप रहने पर और कभी भावुक होने पर उतना एवं उससे भी कुछ अधिक हो सकता है। अत: उसे मत पकड़ना। चला लेना। मन एवं छाती मिल रहे हैं जिससे बारिश की बूंदे गाल पर न पड़कर अधरों पर पड़ेंगी। उसको पोछने का उपाय नहीं है। वे मिल जाएंगे। थोड़ा जर्दे का नशा हो सकता है। थोड़ा नशा हमेशा आनंददायक होता है।

साक्षात्कार का क्या हुआ ? सरोज बाबू के एक पत्र के अलावा और कुछ खबर नहीं। बाढ़ रिलीफ काम में व्यस्त है। लगता है पूरी में नहीं है।

प्रेम करने में या त्याग करने में जहां पर देने का भाव नहीं वहां केवल बातें ही रह जाती है। यह वचन श्री श्री ठाकुर अनुकूल चंद जी के हैं। मां का पेट काटकर अपने बच्चों को पालना, पिता का फटे पुराने कपड़े पहनकर भी बच्चों को योग्य बनाना, प्रेमिका को देह और मन से संतुष्ट करना ही स्नेह है। देना जितना आवश्यक है, आशा न करना भी उतना ही आवश्यक है। अत: लेना संपर्क के लिए आवश्यक नहीं। बल्कि देना, ना देना, पाने की आशा न करना बहुत जरूरी है। भाषणबाजी बहुत हुई। पत्र सब इधर-उधर बिखरे पड़े हैं। संबंधों को ठीक से समझना संभव नहीं। उसका अतीत और मेरा इतिहास लंबा है। आगामी तीन-चार पत्र यथेष्ट होंगें। जितना लिखा था उतना ही।

मैंने अनुराग में अपना हृदय खोल दिया है। पत्रिका के प्रकाशन हेतु अपनी कहानी क्यों नहीं भेज रही हो। यहां दो दिन पहले ही बारिश थमी है। तुम्हारे लिखे हुए पत्रों से लगा तुम्हारा मन पहले की अपेक्षा ज्यादा खुश है।

स्नेह श्रद्धा सहित सभी को

अ

('अ' का अर्थ है आरंभ। यदि कोई बात जीवन के किसी कारण से आरंभ ना हुआ हो एवं उसके कारण सुख दुख का स्वाद चखने ना मिला हो तब अ का अर्थ आरंभ होगा। मैं तुम्हें वही लिखकर तुम्हें आरंभ देने का निश्चय कर रहा हूं।)

सुकन्या

यद्यपि तुमने चिट्ठी तो दिया मगर एक बार में इतनी इकट्ठे। जैसे एक ही दिन में पूरे वर्षा ऋतु की बारिश हो गई हो। और यदि बारिश थम गई तो खुले आकाश को ताकते रहो। वर्षा न फर्सा। क्या मन अच्छा नहीं है ? या शरीर अच्छा नहीं है ? या

और किसी कारणवश मेरे ऊपर क्रोधित हो ? मैंने तीन तीन चिट्ठियां दी है। प्राप्त हुए या नहीं बताना। क्या निर्णय लिया ? मां का स्वास्थ्य कैसा है ? और भुवनेश्वर में उसे भद्र व्यक्ति के साथ मिलना हुआ या नहीं ? तुम्हारा 'रसभंग कॉन्ट्रैक्ट' में लिखा पत्र बहुत मन को भाया। उस दिन दो बार पढ़ने के उपरांत आज पुन: पढ़ा। चिट्ठी को बार-बार पढ़ने का अभ्यास छूट गया है। १२ वर्ष हो गए। अच्छा बोलो तो एक ही चिट्ठी को बार-बार कोई पढ़ता है ? तुम भी वैसा पढ़ती हो क्या ? पत्रिका के लिए आभास चित्र भेजना। आगे का समाचार बताते हुए पत्र लिखना।

सभी को मेरा स्नेह और तुमको प्यार

जीवन

सुकन्या

तुम्हारी चिट्ठी अनेक दिन पूर्व मिली थी। अब मैं तुम्हारी चिट्ठी की प्रतीक्षा प्रतिदिन कर रहा हूं। मैंने तुम्हें तीन-चार चिट्टियां लिखी है। मगर ऐसा लगता है कि तुमने चिट्टियां पायी ही नहीं। यदि आगामी दो दिनों के अंदर तुम्हारी कोई चिट्ठी नहीं मिली तब तुम्हारे पत्र के बदले ही पत्र क्यों लिखूं ? क्योंकि मैं उस हद तक तुम्हारे हाथों से लिखी चिट्ठियों को मिस कर रहा हूं।

तीन-चार दिनों से एक अजीब उदासी ने मुझे घेर रखा है। लगता है इस संसार रूपी पथ में अकेला ही चलना पड़ेगा। ना कोई पीछे है ना कोई आगे। पत्रिका का संपादन बिल्कुल सही नहीं हुआ। मन के टूटने या उदास होने का एक बहुत बड़ा कारण यह भी है। कहीं पर भूल रह जाने पर लाख कोशिशों के बावजूद प्रतिकारमान दिन-ब-दिन नीचे गिरते जा रहे हैं। २५ / ११ से ३० के अंदर तुम लोग आने के लिए तैयार रहना। यहां से झारसुगुड़ा के लिए डायरेक्ट ट्रेन है। अत: कुछ दिन रह गए हैं। एक बार वहां जाना। तुम्हारा समाचार लिखना मतलब तुम्हारे संसार का।

सभी को मेरा प्रेम

जीवन

प्यारी सुकन्या

कैसी आश्चर्य की बात है। आज डाक में जितनी भी चिट्टियां आयी सभी तुम्हारी ही थी। तीन चिट्टियां। पढ़ा और समझा। मुझे आजकल ऐसा लगता है कि मैं कुछ समझ नहीं पा रहा। मूर्ख व्यक्ति जो ठहरा। मैंने तुम्हारे भविष्य के बारे में जो सपना देखा था, जो विचार किया था, वह अब पूर्ण हुआ। भुवनेश्वर में रहने के प्रस्ताव

से अधिक अच्छा कुछ हो सकता है भला ? मेरा विश्वास है कि अब सब ठीक हो जाएगा। कितनी ही बातें सहने वाली होती है। लेकिन मिलने पर कुछ कहा नहीं जाता। ऐसा मेरे पिता के साथ होने से मैं जानता हूं। कितनी ही बातें होंगी कहने को मगर मिलने पर अलग बातों में कैसे समय समाप्त हो जाता है। पता ही नहीं चलता।

तुम मेरी भक्ति में जितनी मर्माहत हो मैं भी तुम्हारी भक्ति में बराबर उतना ही मर्माहत हूं। कैसे समझोगी ? कब समझोगी ? तुम्हारी बातें सुनकर जान पड़ता है तुम्हारे साथ संपर्क रखा जा सकता है। किंतु तुम्हें स्वयं का नहीं बनाया जा सकता क्यों ?

सुकन्या और एक बार मैंने तुम्हें नजदीक से देखा। अनुध्यान किया। तुम्हारे पतिदेव कितने भद्र और उदार पुरुष है। हम दोनों के संबंध जैसे भी रहे हो। मगर तुम दोनों हमेशा सुख से रहो, शांति से रहो, यही मेरी कामना है। यह जीवन किसी के तो काम आए।

अनेक श्रद्धा और आदर के साथ
मैं एकदम से भावुक हो गया क्यों ?

तुम्हारा जीवन

सुकन्या

मित्र की चिठ्ठी पायी है। और कैसे और क्या लिखूं ? ना लिखने के दो कारण है, एक तो मेरी मानसिक स्थिति सही नहीं है। इधर-उधर लिखने पर सुख की प्राप्ति नहीं होती। तुम्हें शायद अच्छा ना लगे, यह भी एक डर है। एवं मैं किसी को अच्छा नहीं लगता ऐसी एक भावना बर्दाश्त करना। यह कवि मन, के साथ क्या संभव है। दूसरा कारण थोड़ी अंदरूनी है। जो कहने की बातें हैं, वह कहा है। और कुछ बातें रह भी गई हैं, तो वह कही छुप कर बैठी हैं, कि बाहर निकलने का नाम नहीं लेती। अत: धक्का देकर ना उठाया जाए तो बेहतर। बाकी बातें कहने पर खराब रिकार्ड को बार-बार बजाने जैसा होगा।

नए वर्ष की अनेक शुभकामनाएं। सरोज बाबू के आने का है। उनके साथ आ सको तो आना। और कहीं ना जाकर जनवरी २४ से २९ को उड़ीसा आ रहा हूं। इस समय तुम सभी भुवनेश्वर में ही रहना। मिलना होगा। मैं तुम्हारे आने का दिन निर्धारित करूंगा।

जनवरी में फाइनल निर्णय लिया जाएगा। और यदि संभव हुआ तो पत्रिका के साथ, तुम्हारे भविष्य का भी। देह और मन दोनों को सही रखना। सब कुछ ठीक-

ठाक है ना ? बाहर से तो विशेष कुछ नजर नहीं आ रहा। क्या हुआ जाने पर सब कुछ। और कुछ लिखूं क्या ?

उम्मीद है सभी सानंद होंगे। प्रथम सप्ताह में तुम्हारे लिए कुछ भेजने का सोचा है। और कुछ नहीं भेजा है ना ? सभी के लिए मेरा स्नेह ग्रहण करना। जल्दबाजी में हूं। तुम्हारे लिए सब।

जीवन

सुकन्या

कल तुम्हारी चिट्ठी मिली। कुछ दिनों के अंदर ही मेरी चिट्ठी और नव वर्ष की बधाइयां मिली होगी। तुम्हारा कष्ट मैं समझता हूं। सन ८२ तो गया मालूम पड़ता है। ८३ तुम्हारे लिए सभी दिशाओं से शुभ समाचार और शांति लायेगा। मेरे जाने में सब तुम्हारा सहयोग ही है। बारिश में आत्मा को कैसे भिगाया जाता है। मैं नहीं जानता। दो आत्माएं क्या बारिश में भीग सकती है ? भीगने के लिए तो तन और मन है। आत्मा तो इन सब से बहुत ऊपर की वस्तु है। जैसे हवाई जहाज के नीचे बादल, मेघ, वर्षा और उसे उत्पादित विरह वेदना। जिसका मिलन के भाव के साथ कोई संपर्क नहीं। हमारे मन के अंदर कितनी ही मूल धारणाएं गांठ के रूप में उपस्थित है। उस पर अगर मन कुछ अलग देना चाह रहा है। इसका अर्थ है वह भूल सोच रहा है। किंतु जब कुछ करता है उस समय वह नाना प्रकार के माध्यम से उन सभी को प्रकाशित करने की कोशिश करता है। एक तुम्हारी आत्मा पर मानो बारिश हो रही हो।

अबकी बार बारिश कहां होगी ? कब होगी ? देखा जाए।

सभी को मेरा स्नेह
जीवन

सुकन्या

भूल क्या है ? सही क्या है ? कौन जानता है ? संपर्क बढ़ रहा है। उसे बढ़ने दो। उसके बाद सब कुछ क्षणिक है। यह जीवन भी क्षणभंगुर है। मुझे गाड़ी घर इन सब भौतिक चीजों का लोभी नहीं। कल भी नहीं था। हो सकता है आगे भी ना हो। लालच है केवल मनुष्य के साथ मनुष्य के संपर्क के लिए, मेरे विश्वास, मेरे मन के लिए। यह बात समय ही समझाएगा। कहने से क्या होगा ? मेरी कविता के ऊपर विचार आलेख अगले पत्र में लिखूंगा। अभी ऑफिस में बहुत जंजाल में फंसा हुआ हूं। अपने स्वास्थ्य का ख्याल रखना। आगे मैं खाने के लिए नहीं मांगूंगा। पिछली बार

भी नहीं मांगा था। केवल प्रस्ताव ही दिया था। इस बार तो बहुत दूरियां भी होंगी। उड़ीसा जाते-जाते मई - जून होगा। तुम्हारा अच्छा-बुरा देखूंगा। अतित का तो कुछ किया नहीं जा सकता। चिंता नहीं करना। धीरे-धीरे सब कुछ सही हो जाएगा।

श्रद्धा के साथ तुम्हें सब कुछ दिया।

जीवन

सुकन्या

तुम्हारी लंबी चिट्ठी मिली। छोटी-छोटी बातों से तुम इतनी परेशान हो जाओगी, सोचा ना था। थोड़ा सा मजाक कर दिया। इन मजाक की बातों को लेकर कोई इतना नाराज होता है भला? जैसा कि बुद्ध ने कहा - किसी घर में मृत्यु नहीं? वैसे ही सच में किसका स्वार्थ नहीं? अगर हमारा अपना-अपना स्वार्थ नहीं होता, तो हम सभी हिमालय में योग लगाकर बैठे होते। ऐसा जान पड़ता है। मेरा भी स्वार्थ है। हुआ तो?

जितना मिला उतना काफी है। संपर्क चिर स्थाई और सुंदर हो। तुम्हारे भाई का प्रशस्ति पत्र अभी तक नहीं आया। वह आ जाने पर मैं निश्चित ही कुछ कर पाऊंगा, ऐसा सोचता हूं। तुम्हारा तन जैसे टूट रहा है। उसे देखकर मैं बहुत परेशान हूं। तुम्हारे पतिदेव हैं या नहीं? मैं उन्हें इस विषय में लिखने की सोच रहा हूं। वह भुवनेश्वर में कब तक है? मुझे जरूर बताना।

अपने अमूल्य जीवन के प्रति ध्यान देना। यह क्षणिक सुख ज्यादा दिन नहीं रहता। मैं तुम लोगों के पीछे निश्चित भाव से हूं। वास्तव में अगर देखा जाए, कोई किसी को क्या दे पाएगा? मैं यूं ही यह बात नहीं कह रहा। मेरा तुम लोगों के प्रति श्रद्धा और स्नेह हमेशा रहा है। तुमने जो भी मुझे दिया है। मैं उसके प्राप्ति को लेकर खूब खुश हुआ। उसके साथ जुड़ा संपूर्ण समर्पण, श्रद्धा की भावना के लिए जो सर्वोत्तम है। ऐसा प्रतीत होता है, मैं तुम्हारा हूं। मुझसे अगर तुम्हें कुछ लेना है तो लो। सब कुछ जो चाहती हो। उस समय का, उस मुहूर्त का जो भाव है वह इतना आनंददायक और प्रति श्रुति पूर्ण है कि आगे और कुछ ना मिले तो भी चलेगा। स्थूल व्यवहार जनित क्षणिक उत्तेजना के लिए मेरा कभी भी आग्रह नहीं था। ना आज है। मात्र उस चीज को देने की महान भावना के कारण मैं तुम लोगों के लिए सब कुछ करने को तैयार हूं। मेरी सीमित क्षमता के अनुसार। अंतत: इस विषय में तुम निश्चित रूप से विश्वास करती होगी। मेरा यह विश्वास है।

जीवन

सुकन्या

तुम्हारी मानसिक शांति लौट कर आ रही है। सुनकर अच्छा लगा। अपने लोगों को हंसते देख मन में जो उमंग उठते हैं उनके लिए शब्द नहीं है। तुम्हारी कविता पढ़ कर मैंने भी एक कविता लिखी है। सही समय में पढ़ाऊंगा। तुम्हारे पूर्व चिट्ठी के अनुसार लगता है तुम अपने भाई को कल भेजोगी। वे यहां ज्वाइन करने के बाद तुम्हें विस्तृत में लिखेंगे। नौकरी करने की कोशिश करना। प्रतिकार भविष्य क्रमश: अधिक से अधिक अंधकारमय प्रतीत होता है। इतनी दूर से केवल गुस्सा होने और चिंतित होने के अलावा मैं और क्या ही कर सकता हूं। तुम्हारे भाई के यहां आ जाने पर तुम दोनों यहां आकर घूम जाने से अच्छा होता। थोड़ा परिवर्तन भी हो जाएगा। यदि स्वास्थ्य अच्छी है, तो थोड़ा लिखने, अनुवाद करने इत्यादि से मन अच्छा लगेगा। यदि कुछ जरूरत है, तो मैंने पहले ही कहा है। सीधे-सीधे लिख देना। इसके लिए इतना संकोच करने की आवश्यकता नहीं। वर्षा और शीत ऋतु में यहां बहुत बारिश और ठंड पड़ती है। मेरी चिट्ठियों के विषय में मैं हमेशा सशंकित रहता हूं। कभी-कभी मैं अति भावुक होकर कुछ भी लिख जाता हूं। जिसकी कोई सीमा नहीं होती। बिना कारण ही तुम्हारे पति तुम्हें गलत सोच सकते हैं। फिर यह भी हो सकता है मेरे अंदर भविष्य में कभी भूल धरणा होने से वह सब तुम्हारे और मेरे सत्ता को ध्वसं करने हेतु खूब अच्छे से उपयोग किया जा सकता है। ऐसा संदेह जाहिर कर रहा हूं इसलिए गुस्सा नहीं होना। मैंने जो सोचा वही लिख दिया। यहां पर जीवन चलायमान है।

जीवन

सुकन्या

इसके लिए जिम्मेदार है मेरा स्पष्ट भविष्य और उसकी छठी इंद्रियां। सरोज बाबू के साथ आने से अच्छा होता। पता नहीं क्यों आजकल तुम्हारी बहुत याद आ रही है। चेतन और अवचेतन में, विभिन्न रूपों में एवं परिस्थितियों में तुम ही तुम हो।

लेखन कार्य अच्छा चल रहा है। ४-५ पत्र पत्रिकाओं में कविता प्रेषित किया है। वर्तमान की अपेक्षा तुम्हारे भविष्य की मुझे अधिक चिंता है। तुम्हारे लिए एक जमीन देखी है। जिसे उर्वर बनाने का कार्य चल रहा है क्योंकि वहां कुछ उगाने की व्यवस्था नहीं है। केवल कुछ सर छुपाने की ही जगह पाओगी। संपर्क को जकड़ कर मत रखो। उसे बह जाने दो। वह सही स्थान की सृष्टि कर लेगा। .इसके लिए

परस्पर जिम्मेदार है झरना और मिट्टी। भाव प्रबल होने की मेरी इच्छा है। कुछ हो सकता है। एवं वह परिवर्तित भी हो सकता है। किंतु एक ही इच्छा है तुम्हारी सही समझ। लेकिन यहां सभी एक प्रकार ही है। खेती का काम बाकी है।

जीवन

सुकन्या

तुमने जो चिट्ठी भेजी है उसमें तुमने भुवनेश्वर में मिलने वाली सारी चीनी और सारा नमक डाल दिया है। बहुत अच्छा लगा। दो दिन हुए सरोज बाबू आए हुए हैं। कोलकाता आते समय भी वे थे। लेकिन मेरा मत कुछ अलग है। उस कहानी का वह अंश बदल देना। चांद रात में ना आकर, अंधेरे में मिलना सही होता। जो इंद्रीय आंखें खोलकर प्रतीक्षारत है। वह क्या अधीर नहीं होगा ? वह केवल परछाई होकर आए। कोई अलग नहीं। केवल दिशाओं की चादर ओढ़ कर शयन करते समय व्यस्तता के चरम फल के शेष बिंदु पर पहुंचने पर कहानी की नायिका देखती है कि, जमीन का मालिक नहीं है। वहां मौजूद है परछाई के साथ आया हुआ वह मानव। मुझे लगता है यही धारणा सही है। तुम क्या सोचती हो ? जिसको पाना होता है वह नहीं पाता। कोई और ही पता है। समय पर प्रोक्सी लगाने वाली एक सहपाठिनी।

तुम तुम्हारे भाई के बारे में कुछ ऐसा लिखोगी। ऐसा मुझे तीन-चार दिन पहले लगा। अप्रैल में आना। धूप में घूमना मत। स्वास्थ्य का ख्याल रखना।

सभी को स्नेह।

तुम्हारा -

जीवन

सुकन्या

आज तुम्हारा पत्र मिला। पता नहीं क्यों अकेले में रहने की इच्छा जागृत हुई। अत: इस कागज के साथ शब्द में अंकित हो बंद लिफाफे में सब जाएगा। जब तुम्हारा पत्र प्राप्त हुआ, उस समय सरोज बाबू बाहर पान लेने गए हुए थे। मैं अपने पर स्वयं खूब हँसा। बहुत चालाक हो गई हो।

नाना प्रकार के ग्रेंल्हिम में रहकर चिट्ठी लिख तुम्हारे जैसे समय के बंद कोठरी के अंदर मैं नहीं। भावनाएं आती रहेगी। अचानक बाधाओ से घिरकर खत्म हो जाएगी। पुन: उसकी प्राप्ति कष्टप्रद है। हर समय ऐसा ही होता है। आजकल ज्यादा लिखने की इच्छा नहीं होती। बल्कि सोचना, कल्पना करना, ज्यादा अच्छा

लगता है। कभी होश में कभी मदहोशी में। परंतु हमेशा मदहोशी में और एकांत में। सरोज बाबू हमेशा तुम्हारी बातें करते हैं। आह ! कितनी सुकुमारी, सीधी - सादी लड़की है वह। अपना करने हेतु ऐसे जकड़ लेती है कि कभी-कभी हड्डियां कट-कट कर उठती हैं। कैसी हो ? कौन सा चवनप्राश खाती हो ? तुम इतनी ठग हो कि एक बात कहने बोलो तो दूसरी बात कहती हो। आगे मैं चिट्ठी और टेलीग्राम दूंगा। उस समय तैयार रहना।

निमंत्रण प्राप्त करने पर भी मेरा वहां जाना संभव नहीं है। आमंत्रित करने के बाद भी भूखा रखने की प्रवृत्ति होती है। आयोजकों द्वारा एक अदद पान मंगाकर खाने में इतनी रोक-टोक, इतना प्रतिरोध। वे खाने को भी अपनी इच्छा अनुसार देंगे। अतिथि के संपूर्ण तृप्त होने तक जो करना है करेंगे। उनका क्या भरोसा ? मैं वहां बिल्कुल नहीं जाऊंगा। तुम जाओगी क्या ?

अनेक समय मेरा स्वास्थ्य सही नहीं रहता। हाइपर एसिडिटी रहता है। पीना थोड़ा ज्यादा ही हो रहा है। विभिन्न कारणों से तुम यहां आने पर सब एक साथ करेंगे।

अंत तक सब कुछ दिया।

जीवन

अनेक पत्र पाये और लिखा भी। सब रखा भी है या नहीं पता नहीं ? समय के साथ में सभी एकाकार हो जाते हैं। सुकन्या तुम्हें याद है हम खाने के लिए बाहर होटल गए हुए थे। लौटते समय हमारे साथ कुमारन भी थे। जिद करके वह हमारे साथ आया था। होटल रूम के पास जीवन तुमने उसे जकड़ कर कहा -इसके बाद तुम्हारी यात्रा यहीं खत्म। अंदर हवा का भी जाना निषेध है। उसी के सामने जीवन ने उसके खुले कंधों पर अपना मुंह रख दिया। और एक सघन चुंबन देकर उसे कमरे के अंदर खींचकर दरवाजा बंद कर दिया। बाहर कुमारन की क्या प्रतिक्रिया रही भगवान जाने ? वह इतना ही जानता है कि एक-एक कर वस्त्र खोल पवन को समर्पित कर सारी रात्रि अपने दोनों हाथों से उसको पकड़ कर बैठे रहे। उसको स्पर्श करते रहे। ऐसा प्रतीत होता है सबसे सुंदर रात्रि उन्होंने मुझे दान दिया। अब की अचानक ही वह १० वर्ष पूर्व को लौट गई। सोचा फिर से जीवन को इकट्ठे होकर खोजा जाए। रात्रि १२:३० पर ट्रेन ने अपना शहर छोड़। दोनों एक दूसरे के समीप थे। एक बार स्पर्श कर और शुभ रात्रि कर सोने का प्रयत्न करने लगे।

६:१२ में प्रार्थना समाप्त कर दोनों एक दूसरे के समीप होकर बैठे रहे। पूर्व

दिशा अरुणोदय से दिप्तमान हो उठा। ८:३० बजे कोलकाता का सर्किट हाउस। मनीष दादा का सहयोग। सारा दिन लोगों का आना-जाना लगा रहा। तुम ११:०० बजे निकल कर ३:०० बजे लौटे। साधारण बातचीत हुई। उनके कमरे के पश्चिम में एक विशाल जलाशय था। चारों ओर से आ रही रोशनी से तालाब का पानी झलमल हो रहा था। शाम होने को थी ऐसा लगा जैसे वह नहीं है अनेक दिनों बाद उनमें हुए परिवर्तन वह महसूस कर रही थी।

अत्यंत सहज भाव से शाम बीत गया। साधारण भाव से पूजा आरंभ हो गयी। वैसे ही सादे भाव से रात्रि भी बीत गई। थोड़ा समय मिलने की आशा से वह थोड़ी विकल हुई। उसके लिए उसके पास समय न था। वह उनका अवहेलना करना सहन नहीं कर पा रही थी।

गतानुगतिक भाव से सुबह आरंभ हुई। पूरा दिन सोते-सोते बीत गया था। शाम ८:०० बजे क्लब में पार्टी थी। पार्टी के समाप्ति पर लौटने का पर्व आरंभ। मद्रास मेल में टिकट हो गया था। मद्रास मेल कभी खत्म न होने वाले स्मृतियों का ट्रेन। उसने उसे प्राप्त नहीं किया। वह स्वयं में नहीं थे। उनकी खोज की गई। केवल एक आह, उसके भाग्य में जीवन न था। सुबह ७:०० बजे उसका शहर भुवनेश्वर।

भुवनेश्वर

उसका शहर। मुझे भुवनेश्वर पसंद था। जीवन को भी प्रिय था। मगर उसे ऐसा एहसास होने लगा था कि जीवन का गति पथ धीरे-धीरे परिवर्तित हो रहा है। वह अधिकांश अनमयस्क रहते थे। आंखों की दृष्टि कुछ अलग सी प्रतीत होती थी। पता नहीं उसे ऐसा क्यों लग रहा था। जो जैसा था, अभी भी वैसा ही है। उसका जीवन वैसा ही चल रहा था। घाट का रंग परिवर्तित हो गया था। आंखों में कोई सपना न था। बिना स्वप्न के उसकी दुनिया में धमाल मचा रहा था। यह कैसा जीवन है? जीवन के बिना उसका समय कष्टप्रद था। उसका मन टूट चुका था। वह हार चुकी थी। उसके प्राण उसके शरीर से निकल गए थे। आगे जीवन जीना दुर्लभ था। बिना जीवन के। अचानक प्राप्त एक खबर नहीं जीवन को मिट्टी में मिला दिया। जीवन तुम कैसे चले गए। केंद्र साहित्य अकादमी पुरस्कार लेने के लिए दिल्ली गए हुए थे। रोड दुर्घटना के बाद तुमको अस्पताल ले जाया गया था। तीन दिन के जीवन मृत्यु के संघर्ष के बाद तुम मौत से हार गए। और तुम्हारा मृत शरीर वापस आया। वह तुम्हें टटोल रही

थी। खोज रही थी। उसने अपनी आंखें बंद कर ली थी। स्पर्श से महसूस कर रही थी। हाथ बढ़ाकर स्पर्श करने की कोशिश कर रही थी। स्वप्न को क्या स्पर्श किया जा सकता है? हवाओं को क्या छुआ जा सकता है? सुगंध को क्या स्पर्श किया जा सकता है? चांद को क्या हथेली में पकड़ा जा सकता है? वह मेरे अंदर ही थे। बाहर सर्वत्र व्याप्त थे। उसके श्वासों में, प्रश्वास में, उसके विश्वास में वे थे, वह रहेंगे, अनंत काल तक रहेंगे। दूर गांव के मस्तक पर चढ़ आया था चांद। पारिजात, रजनीगंधा, हेना, मोगरा और कामिनी फूलों की सुभाषित माला पहनकर पवन उसके चारों ओर डोल रहा था। जलते हुए मोमबत्ती जैसे पिघली जा रही थी रात। मैं उसकी प्रतीक्षा कर रही थी। आंखों में शून्यता लिए सिंहासन पड़कर वह प्रतीक्षा कर रही थी।

यद्यपि मेरा विश्वास था कि तुम निश्चित आओगे . . . . निश्चय।

कारण वे हैं इसी पृथ्वी पर ... .

वह बुदबुदा कर कहते जा रही थी -

तुम हो जीवन ... ।

धूप की महक की तरह।

तुम हो ... .भरी दुपहरी में वर्षा की बूंद की तरह। तुम हो .... चैत्र महीने की सुबह में थरथराते हुए कोमल पत्तों की तरह।

तुम हो मेरे अंदर...... मेरे बाहर ....मेरे अनुभव में........ मेरे संपूर्ण प्राप्ति में ....अप्राप्ति में ....दुख में .....सुख में ......तुम हो।

क्रमश: मेरी मुट्ठी से समय सरकता जा रहा था। बहुत दिन हुए कहीं नहीं जा रही थी। अस्थिर मन, उद्भ्रांत चिंता और विक्षिप्त जीवन। पागलों की तरह सारे घर में इधर से उधर घूमती थी। विगत रात्रि ही उसे ऐसा लगा कि उसे मृत्यु का आवरण कर लेना चाहिए। जैसे मृत्यु के लिए वह रात्रि ही सर्वश्रेष्ठ रात्रि थी। मृत्यु का दिन तय हो चुका है।

अस्थिर मन को स्थिर किया और प्रस्तुति के लिए तैयारी में लग गई। पारिवारिक जीवन की बात भूल गई। स्वामी नजर नहीं आए। बच्चों को भी भूल गई। जैसे सर पर रखा भारी बोझ उतर गया। खूब हल्का महसूस हुआ। हाथ मुंह धोने के लिए बेसिन के पास गई, वहां लगे दर्पण में अपना मुंह देख पता नहीं क्यों उसे जोरों से रोना आया। नल चलाकर वह फफक - फफक कर रो पड़ी। टेबल के पास चेयर में कुछ देर बैठी रही। इस वर्ष पुस्तक मेला से खरीदी चार-पांच पुस्तक टेबल पर रखी हुई

थी। कल को सब होगा। उसका शरीर भी होगा। बस नहीं होगा वह। सभी काम समाप्त करते-करते रात के २:०० गए। खिड़की बंद करने से पूर्व एक बार बाहर की ओर देखा। अंधेरे में वृक्ष खड़े हुए थे जैसे किसी विचार विमर्श में व्यस्त हो। उसने खिड़की बंद की। २ मिनट आंखें बंद कर बैठी रही। तत्पश्चात आंखें खोल कर चारों ओर नजर घुमाई। कमरे में ट्यूबलाइट जलने के बावजूद उसे लगा जैसे कमरे की छत से अंधकार चमगादड़ की भांति झूलते झूलते उसकी ओर बढ़ रहा है। पलंग के नीचे, अलमारी के भीतर, पुस्तकों की थान के पीछे चोरों की भांति खड़ा है अंधकार। अंधकार है या मृत्यु की परछाई। उसके बाद स्टूल के ऊपर उसने कांपते पैर रखे। रस्सी की फांस गले में डालकर स्टूल को पैरों को धक्का दे देना होगा। दोनों आंखें बंद कर। दोनों हाथों को जोड़कर किस प्रणाम किया याद नहीं ? पैरों से स्टूल को धक्का देने ही वाली थी कि अचानक आंखें खोली। टेबल के ऊपर सजा कर रखी .श्री जगन्नाथ पुस्तक के ऊपर मेरी नज़रें ठहर सी गई। पुस्तक के मुख्य पृष्ठ पर बनी जगन्नाथ जी की आंखों से जैसे उज्जवल आलोक झरने लगा। मैं क्षुब्ध हो विस्मय से वह देखने लगी। उसकी कानों के पास आकर जैसे किसी ने कहा - पागल मरकर मुक्ति पा जाओगी सोचती हो ? किससे ? मनुष्य मृत्यु उपरांत भी दुख से प्राप्ति - अप्राप्ति से, काम-वासना से, मुक्ति नहीं पाता। फांसी लगकर सोचती है यहीं सब दुखों का अंत हो गया सब समाप्त हो जायेगा। इस पृथ्वी में कभी भी कुछ शेष नहीं रहता।

गले से रस्सी खोलकर, कैसे नीचे आई ? कैसे इतने समय बैठ रही ? याद नहीं। अर्ध सुप्त अर्ध जागृत सी अवस्था। एक अपरूप नील अंधकार के अंदर अनेक समय डूबे रहने के बाद वह जैसे तैरने लगी। इस अंधकार में भी उसे आकर्षण महसूस होता था। कोई शब्द नहीं केवल विस्मृति, सीमाहीन आकाश के जैसे। चारों दिशाओं में केवल एक सीमाहीन शून्यता। धीरे-धीरे अंधकार के अंदर से होते हुए आलोक की ओर बहते-बहते आ गई। एक स्वप्निल अवस्था। जैसे कोई उसके हाथों को थाम आलोक की ओर लिए जा रहा हो। एक विशाल सिंहासन है। वहीं से विस्फूरित हो रही थी एक कमीनीय आलोक। उस नर्म आलोक में उसने देखा उसके हाथों को अपने हाथों में ले एक जटाधारी नारी उस सिंहासन की परिक्रमा कर रही है। वह नम्र स्वर में बोली मैं तुम्हारी मां हूं। मेरे उसके हाथों को जोरों से पकड़ने मात्र से ही क्षण भर में सारा अवसाद जाता रहा।

लेख के ऊपर जो फोटो था। उसे देखकर मालूम हुआ जो नारी हाथ पकड़ कर परिक्रमा कर रही थी। वह आप ही थी। आपके साथ मेरी मुलाकात वही श्री मंदिर में हुई थी। अनेक वर्षों पूर्व। हरिद्वार में वह आंखें बंद कर पालथी मार कर बैठी हुई थी। और रो रही थी। खूब भीड़ थी। उसे सामान्य शब्द भी सुनाई नहीं दे रहा था। वह स्थिर होकर बैठी रही और उसकी बंद आंखों से असंभव भाव से अश्रु धारा बहे जा रहे थे। और उस अश्रु धारा से उसकी पूरी छाती भीग चुकी थी। वह क्यों रो रही थी ? यह उनको पता था।

कितने समय क्या पता ?

कितने समय के बाद किसी ने उसके सर पर हाथ रखा धीरे, खूब धीरे, स्नेह के साथ। उसने अपनी आंखें खोली। आंखें खोली और सर ऊपर कर देखा। जिनकी आंखों से उसकी आंखें मिलीं, वह थी गेरुआ वस्त्र धारण की हुई एक नारी। उनकी आंखों के साथ उसकी आंखों के मिलते ही उसके अंदर उसने एक उद्वेलन सा अनुभव किया। उनके साथ उसकी मुलाकात सालों पहले पुरी मंदिर में हुई थी। उसे लगा उन्हें जाकर वह छोटे बच्चों की तरह ज़ोर से पकड़कर रोए, खूब रोए। शायद रोने से उसकी अंतरात्मा में चल रहा तूफान शांत हो जाए। उन्होंने उसका हाथ पकड़ कर उन्हें उठा दिया। उनके हाथों के मध्य उसका हाथ थर - थर कर कांप रहा था। जैसे उसके सारे शरीर में बिजली सी दौड़ गई हो। उसके प्रभाव से उसका सारा शरीर झनझना उठा। यह कैसी तंद्रा भावना है ? यह कैसी जड़ता है ? उन्होंने हिंदी में कहा -आओ। बिना कुछ बोले वह उनके पीछे-पीछे चलने लगी। आश्रम का उजाला, लोगों की भीड़, हलचल से बहुत दूर एक छोटी कुटिया।

दरवाजा खोलते हुए वह भीतर को गई।

नीचे पड़े आसन में बैठने का इशारा कर। वह भीतर को गई। हाथ में कुछ फल पकड़ कर वह लौट आई। कहा - खाओ।

उसने कुछ नहीं खाया था। केवल यही उसको याद था -जैसे वर्षों से उसने कुछ नहीं खाया हो। शांत वातावरण में वह खाने लगी। कुछ समय बाद उन्होंने प्रश्न किया -तुमने घर क्यों छोड़ा ? उसने उसे उदास नजरों से देखा। उसने कहा भूल तो हो गई। उसने कुछ कहा नहीं। तुम इतनी गहराई में मत जाओं। मुझ पर विश्वास रखो। और संपूर्ण निर्भर भी कर सकती हो।

सुकन्या ने जब घर छोड़ा, तब उसे इतना नैराश्य हो गया था कि उसे लग रहा

था इस भारी संसार में वह अकेली है। और कोई नहीं है। ना स्वामी, ना संतान। ट्रेन में बैठने के बाद ट्रेन चलना आरंभ हुई। घर की याद आई। छोटा बेटा पाठशाला से वापस आ गया होगा। आकर मां को खोज रहा होगा और मां को न पाकर रो रहा होगा। खूब विकल हो रहा होगा। हालांकि ऐसा नहीं था। तथापि उसे ऐसा ही लग रहा था।

बड़ा बेटा जो उसे ज्यादा नहीं खोजता था। ना ही उसे मां की वैसी आवश्यकता महसूस होती थी। उसकी बातें भी आज बहुत याद आई। और स्वामी जो उसे सिर्फ बिस्तर में ही खोजते हैं। वह भी कभी-कभी। खाते समय वह परेशान हो जाते हैं। पागलों की तरह होते हैं।

दिल्ली में उतरते वक्त सुकन्या का मन जरा भी शांत नहीं था। वह पथभ्रष्ट होकर हरिद्वार आ पहुंची थी। इतने विचलित मन से, वह पुन: जीवन आरंभ नहीं कर पाएगी। कभी भी नहीं।

वह विवाहित स्त्री और दो बच्चों की मां समाज, लोक लाज, चलन को लात मार कर आते समय स्वामी से सवाल किया - मुझे मुक्ति दे पाओगे ?

कैसी मुक्ति सुकन्या ? मैं तो साधारण मनुष्य हूं। मेरी भगवान की तरह शक्ति कहां, जो तुम्हें मुक्ति दे पाऊं ? सुकन्या ने कहा -मुझे इस संसार से इस स्वामी और संतान के बंधन से मुक्ति दे दो। यहां रहने से मैं घुट - घुटकर मर जाऊंगी। पत्नी होकर, पत्नी जैसी नहीं रह पाऊंगी। काठ की गुड़िया जैसे जीवन। मेरा क्या होगा ? मैंने तो ऐसा स्वप्न कभी नहीं देखा था। मुझे एक घर की आवश्यकता है। जहां पति-पत्नी एक साथ रहते हो। अपने दुख-सुख बांटते हो। एक को आघात लगने से दूसरे की आंखों से आंसू गिर पड़ते हो। मां कहकर बुलाने मात्र से मेरा ममत्व धन्य हो जाए। वैसा घर मुझे देना। मुझे और कुछ आवश्यकता नहीं।

पति ने कहा -ठयह संसार हमारे ऊपर हंसेगा सुकन्या। छी ! करेंगे तुम पर सभी।

मेरे दुख में अगर समाज आह नहीं भरता, मेरी आवश्यकताओं को अगर समाज पूर्ण नहीं करता, तब अगर वह समाज हँसता भी है तो मुझे क्या फर्क पड़ता है ? तुम अपनी बात कहो। तु म्हारा तो भविष्य है। शादीशुदा होने के बावजूद, तुमसे विवाह करने हेतु सुंदर एवं शिक्षित नारियों की कोई कमी नहीं। मैं तो दो बच्चों की मां हूं। मेरे साथ पलायन करने पर तुम बदनाम हो जाओगे। हां और यही सत्य है।

उन्होंने सहज भाव से सुकन्या को कहा - ठीक है तुमने अगर ऐसा निर्णय ले ही लिया है। तब मुझे तुमसे कुछ नहीं कहना है। और स्वामी के दायित्व से वे मुक्त हो गए।

स्वामी इस नारी को श्रद्धा करता है। आज तक प्रेम करते आ रहा है। अब उसने मना भी नहीं किया।

दो संतानों की मां सुकन्या ने खुशी खोजी, शांति खोजी इसलिए बेघर हो गई।

हरिद्वार पहुंचने के बाद एक अनजाने दुख के बंधन से बंध कर जो किया क्या वह ठीक किया? ऐसा होना नहीं चाहिए था। अपराध बोध के मध्यमवर्गीय मानसिकता से मुक्ति हो गई। उसने घर क्यों छोड़ा?उस समय उसने क्यों नहीं सोचा? क्यों उसने जो सोचा उस पर उसने १०० बार विचार क्यों नहीं किया? सोच - सोच कर महीने पर महीने बीतते जा रहे थे। वह हमेशा अपने को अकेला ही पाती। अपने जीवन के साथ सुकन्या क्या करेगी? इस संसार में उसका भरा पूरा जीवन रिक्त हो गया था। स्वप्नहीन हो बचने जैसा ऐसा एक रुखा जीवन क्या उसने कल्पना की थी? यहीं पर से उसकी यात्रा आरंभ हो, अकेले-अकेले। पीछे जो रह गया उसे क्या खोजना? खोज कर पाना संभव भी नहीं है। पुराने दिन गुम हो जाये तो अच्छा।

अब आगे जाने की बारी है। दुख आये, दूर्दिन आये। एक भाराक्रांत मन को सर पर उठा, उसने निश्चय किया जीवन यहीं पर से आरंभ हो।

यहीं समाप्त हो जाए 'योगिनी की आत्मकथा'।

सब चीजों से वह मुक्त हुई। अब उसे कोई दुख नहीं, शौक नहीं, अप्राप्ति नहीं, वह परिपूर्ण है, सुकन्या है।

सन्यासिनी नारी से मुक्त होकर सुकन्या आगे की ओर अग्रसित हो चली। समतल को पार करते हुए पथरीले पथ पर........। सामने पर्वत श्रेणियां शिखर के ऊपर शिखर। यह सब देखते हुए ऐसा मन होता है कितने रास्ते और कितना नगण्य है इस मनुष्य का चलापथ।

दिनों की थकान, खाद्याभाव, अनअभ्यस्त पैर, कंकर पत्थर से भरा रास्ता। अचानक काले बादल छाए और घनघोर वर्षा हुई। सुकन्या अभ्यस्त नहीं थी और आगे नहीं चल पाई। ऐसा लगा शरीर टूट ही जाएगा। अत्यंत कष्ट। वह एक गुफा द्वार पर बैठ पड़ी। उसके पास जो भी था वह सब भीग चुका था। वहां पर शांति से बैठे-बैठे उँघने लगी। जब नींद टूटी तब देखा एक संन्यासी बैठे हैं, उसके शेष किनारे पर।

.वह बाहर की ओर देखने लगी। देखा चारों दिशाएं आलोकित है, मध्यम - मध्यम पवन चल रही थी। आह !उसकी आंखों में असीम शांति है। उसने चुपचाप आंखें बंद कर ली। और एक परम शांति को प्राप्त कर उसने अपना सर हल्के से झटका।

सैकड़ो मील दूर से आती एक चमत्कारिक आवाज। सुकन्या की छाती फटी जा रही थी,वह मरी जा रही थी, उसका अस्तित्व समाप्त हुआ जाता था, प्रेम में, किसी को प्यार करने में। हर बार लगता था पहले ऐसा नहीं होता था। जीवन धन्य हो जाता था। उसका मनुष्य रूप में धरा पर जन्म लेना। कोई भी दिखाई नहीं देता था इस धारा पृष्ठ पर एक नारी और एक पुरुष को छोड़कर बाकी पूरी पृथ्वी बही जा रही थी। उसके माता-पिता थे, उसने एक दिन इस पृथ्वी पर जन्म लिया था, बड़ी होकर यौवन की दहलीज पर कदम रखा था। कुछ भी याद नहीं। उसके पति, संतान, स्वजन कोई भी नहीं। किसी की भी आवाज सुनाई नहीं देती थी। चारों ओर कोई भी नहीं केवल एक नारी और एक पुरुष के अलावा। सुकन्या और जीवन। वह योगिनी डोमी और जीवन उसका कालिदास कान्हूपा, कन्हाई।

'योगिनी की आत्मकथा' ही एक रहस्य है। सब कुछ ठीक-ठाक चल रहा था। गाया गया संगीत भी बेसुरा हो सकता है। उज्वल आकाश मलिन दिखाई देता है। रास्ता नहीं मिलता। समस्त प्राप्ति और अप्राप्ति के बीच लीन हो जाती थी। सु - सुकन्या -सुकन्या कहां है ? सुकर्या कहाँ है।

लेखिका रश्मी राउल आज भी सुकन्या की खोज में है।

रश्मी राउल

BLACK EAGLE BOOKS

www.blackeaglebooks.org
info@blackeaglebooks.org

Black Eagle Books, an independent publisher, was founded as
a nonprofit organization in April, 2019. It is our mission to
connect and engage the Indian diaspora and the world at large
with the best of works of world literature published on a
collaborative platform, with special emphasis on
foregrounding Contemporary Classics and New Writing.

www.ingramcontent.com/pod-product-compliance
Lightning Source LLC
Chambersburg PA
CBHW050423110726
47899CB00008B/2833